달빛 조향사 4

가프 현대 판타지 소설

초판 1쇄 찍은 날 § 2021년 5월 26일
초판 1쇄 펴낸 날 § 2021년 6월 2일

지은이 § 가프
펴낸이 § 서경석

총괄팀장 § 노종아
편집책임 § 신나라
디자인 § 스튜디오 이너스

펴낸곳 § 도서출판 청어람
등록번호 § 제387-1999-000006호
등록일자 § 1999. 5. 31
어람번호 § 제1-3137호

주소 § 경기도 부천시 부일로 483번길 40 서경B/D 3F (우) 14640
전화 § 032-656-4452 팩스 § 032-656-4453
http://www.chungeoram.com
E-mail § chungeorambook@daum.net

ISBN 979-11-04-92346-3 04810
ISBN 979-11-04-92324-1 (세트)

청람

가프 현대 판타지 소설

달빛
조향사

④

MODERN FANTASTIC STORY

목차

제1장
—
지상파를 장악하다 II

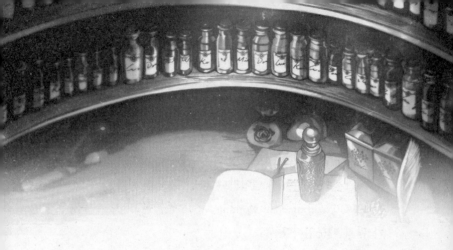

"좋네요. 학생 수준에서 이런 호평을 듣는 향수 만들기란 쉬운 일이 아니죠."

포문은 부드럽게 열렸다.

"그런데 우리가 향수를 감상하기 전에 알아야 할 것들이 있습니다. 방금 오연지 선생님도 부분적인 질문을 했지만 향수의 감평을 하려면 포뮬러가 나와야 합니다. 왜냐하면 향수는, 좋은 냄새를 가진 분자라고 해서 무작정 섞어서 쓰면 안 되거든요. 강토 학생, 혹시 그런 사실을 알고 있나요?"

제이미의 시선이 강토를 겨누었다. 역시 부드럽다. 표정연기가 수준급인 것이다. 하지만 강토는 알고 있다. 저 부드러운 시선 속에는 매운 칼날이 들어 있다는 걸. 칭찬이 아니라 흠을 내기 위한 칼날······.

"알고 있습니다."

강토가 답했다. 주저도 없었다.

"제가 왜 이걸 짚고 넘어가냐 하면 향수를 처음 공부할 때는 EWG(Environmental Working Group)등급을 잘 모르는 경우가 많기 때문입니다."

"어머, 그게 뭐죠?"

은나래가 짚고 나섰다.

"나는 알지."

우영자가 감초처럼 튀었다. 이 프로그램에서의 그의 캐릭터였다.

"언니가? 레알?"

"EWG, 요게 바로 성분에 대한 등급 표시라는 말씀."

"맞습니까?"

우영자 발언이 끝나기도 전에 은나래가 제이미를 돌아보았다.

"정확히 알고 계시네요. 미국의 환경단체에서 만든 데이터입니다. 세 단계로 구분해 그린, 옐로우, 레드로 나누는데 제라니올이나 벤질살리실레이트 같은 물질 등은 레드에 속하는 위험 등급입니다. 학생이라 잘 모르고 쓸 수 있어서 드리는 말입니다."

"발진과 알레르기 성분이라면 유의하고 있습니다. 향수란 또 하나의 피부이자 옷이니까요."

강토가 제이미의 우려를 밀어냈다.

"그런 성분들을 아나요? 굉장히 많은데?"

제이미는 자애로운 표정으로 강토를 바라본다.

향수 창작은 어렵다. 게다가 최근에는 발적과 알레르기까지 고려해야 한다. 그건 제이미 정도의 관록이 있어야만 가능한 일이었다.

그런데.

당황할 줄 알았던 뉴비 윤강토가 알레르기 유발 성분을 읊어대기 시작했다.

"예를 들면 이런 거 말이죠? 나무이끼추출물을 위시해 메틸 2-옥티노에이트, 리날롤, 리모넨, 벤질알코올, 시트랄, 시트로넬올, 신나밀알코올, 신남알, 아니스알코올, 알파-아이소메틸아이오논, 제라니올, 쿠마린, 하이드록시시트로넬알……."

강토가 달린다. 계속 달린다. 이 광경에 놀란 사람은 피디와 은나래였다. 질문도, 대답도 전혀 각본에 없는 내용이었다.

짝짝.

손윤희가 먼저 박수를 보냈다. 우영자와 출연진이 그 뒤를 잇는다. 방청석의 유쾌하와 차 선생, 상미 등은 말할 것도 없었다.

"잠깐만요."

제이미가 브레이크를 밟았다. 충분히 우아했다. 출연자와
시청자들이 보기에는.

"단순히 외우는 지식만으로 향수를 만들 수는 없습니다.
일단 향료에 대한 지속가능성과 공정 생산, 환경오염 등도 고
려해야 하고 향수의 제조와 판매에 있어서는 현실적으로 자격
증 취득 후에 제조·판매업 등록을 해야 하는 과정이 따릅니
다. 그 말은 곧 향수를 만드는 건 그만큼 복잡한 데다 책임과
의무에 자격까지 따른다는 뜻입니다."

이제는 디테일 속으로 들어가는 그녀였다.

"……?"

피디가 강토를 바라본다. 방송이 옆길로 새고 있었다. 강토
가 곤란해하면 끊을 생각이었다.

하지만.

그럴 필요가 없었다.

"죄송하지만 관련 자격증은 작년에 다 땄고요, 혹시 몰라서
제조·판매업 등록도 마쳤습니다. 그리고 제가 만든 향수들의
성분에 문제가 없다는 것은 두 분 선생님 후각으로 이미 감정
이 되었을 것으로 생각합니다."

강토의 방어는 완벽했다.

만약 부정하면 제이미 스스로 자신의 후각이 좋지 않다는
것을 인정하는 꼴이 되기 때문이었다. 그만큼 강토의 방어는
여유로웠다. 그녀가 무슨 꼬투리를 잡든 상관하지 않았다. 그

녀의 능력으로는 블랑쉬의 경험치를 넘어설 수 없다는 것, 강
토의 신념이었다.

"……!"

제이미의 이마에 서늘한 땀이 맺혔다. 이건 학생의 포스가
아니었다. 묵직한 파워가 뼈를 치는 것이다. 관록을 내세워 강
토를 평가절하 하려던 제이미. 아찔해지는 정신 줄을 지탱하
느라 진땀까지 쏟고 있었다.

"와아, 놀라운 후배의 등장이네요. 박수……."

그래도 순발력은 있었다. 박수를 유도하며 위기를 넘긴 것
이다.

그러나 머릿속에 흰 재스민이 휘날린 것처럼 하얗게 변해
버렸다. 몇 가지 더 준비한 태클이 있었지만 감히 꺼내지 못했
으니 대미지가 큰 까닭이었다.

"제이미 선생님."

피디의 신호를 받은 은나래가 화제를 돌렸다. 최근 연예계
패권을 잡은 능력자답게 피디의 마음을 간파한 그녀였다.

"오연지 선생님의 평가 중에 심오하다는 말이 있었습니다.
학생이 만든 향수에 마땅한 단어일까요?"

"……!"

돌발 질문에 제이미가 주춤거렸다.

심오.

오연지가 그 말을 할 때였다. 이미지를 떠올리던 제이미 머

리에 불이 들어왔다. 정말이지 이 느낌에 맞춤한 단어였다. 그러나 바로 부정했다. 심오라는 건 향수의 경지에 이른 조향사가 아니면 받을 수 없는 단어였다.

"학생치고는 좋은 작품이라는 정도로 해석하면 될 것 같네요."

제이미는 인정하지 않았다.

"그럼 점수를 주신다면?"

"학생 수준에 맞춰 평가하자면… 향의 안정성 90점, 작품성 90점입니다. 수준급 실력이네요."

학생 수준.

그 전제 조건은 사라지지 않았다.

"그럼 오연지 선생님은 몇 점 주실 건가요?"

은나래가 교차 체크에 들어간다.

"저는 99점 주겠어요."

"그럼 제가 1점을 드립니다. 합치면 100점인가요?"

"아하핫."

은나래의 애드리브에 여자 출연진이 배꼽을 잡았다.

"하지만 제게는 그림의 떡이라는 사실… 급 슬퍼지네요."

블로터를 집어 든 은나래가 울상을 지었다.

"그럼 나래 씨도 강토에게 부탁해 봐요. 혹시 알아요? 내 향수처럼 인생 시그니처가 나올지?"

손윤희가 나섰다.

"선배님, 저도 그리고 싶지만 제 피부가 세상 향수를 모두 거부해서요. 덕분에 화장품값은 덜 들지만요."

"내 후각은 모든 냄새를 거부했어요. 하지만 강토 덕분에 해결이 되었잖아요. 나보다는 낫지 않을까요?"

손윤희 입에서 부정하지 못할 팩트가 나왔다.

"윤강토 씨, 단도직입적으로 묻겠습니다."

나름 비장해진 은나래가 강토를 바라보며 말을 이었다.

"제가 뿌릴 수 있는 향수, 가능할까요?"

"……."

"솔직하게 대답해 주세요."

"가능합니다."

"와아아."

강토 답이 나오자 출연진들이 환호를 했다.

"저기요, 강토 씨. 아까도 말했지만 제가 향수 알레르기가 있어요. 그래서 시향까지는 가능해도 뿌리면 바로 피부과로 초고속 직행……."

"그래도 가능합니다."

"이거 방송이거든요. 무슨 말인가 하면 향수 제조뿐만 아니라 방송에서 한 말에도 책임이 따라요."

"가능합니다."

"얘, 가능하다잖아? 얼마 줄 건지나 얘기해. 현실적으로."

우영자가 끼어들었다.

"언니는 매사를 돈으로 살아?"

은나래가 반격을 한다.

"그럼 공짜로 받으려고? 너, 향수 만드는 재료가 얼마나 비싼지 알아? 게다가 니치용이거나 개인용 시그니처면 부르는 게 값이야."

"됐거든. 내가 뿌려서 이상 없는 향수만 나오면 억만금도 낸다. 나도 향수 뿌리고 싶은 여자야."

"여러분, 나래가 억만금이랍니다. 다들 들으셨죠?"

"와우."

우영자가 출연자들을 증인으로 세웠다.

"그럼 우리 계약된 거예요?"

은나래가 확인에 돌입했다.

"네."

"피디님, 이거 편집하면 안 돼요."

장 피디에게 강압까지 날린다. 장 피디가 알았다는 사인을 주자 다시 본래의 모습으로 돌아오는 은나래였다.

"야, 은나래, 너 솔직히 고백해라. 향수 뿌려서 뭐 하려고? 남친 만들려고?"

우영자의 짓궂은 공격이 이어졌다.

"왜? 나는 남친 좀 생기면 안 돼?"

"그럼 거기 두 번째 향수 계열로 부탁해라. 언니가 보니까 그게 찐 이성 유혹 향이야."

"우리 전문가님들, 그런가요?"

은나래가 전문가들을 바라보았다.

"맞습니다. 투베로즈로 불리는 월하향 속에는 이성을 유혹하는 냄새 분자가 있다고 합니다. 나아가 베이스노트로 쓰인 사향 냄새 분자 역시 그런 기능을 한다고 하죠. 왜, 과거에 보면 구중궁궐의 여인네들이나 유가의 여인네들이 사향 주머니를 많이 달고 다녔잖아요."

제이미가 한 발 빠르게 답했다.

"우리 오연지 팀장님은?"

은나래는 공평하다.

"향수가 이성에게 호감을 주려는 작용을 하는 건 팩트 중의 하나예요. 우리나라의 과거로 가자면 사향 외에 백단나무 향이 있죠. 이게 굉장히 은은한 향인데요, 요란하지 않으면서도 상대의 이목을 끌 수 있는 용도로 많이 쓰였습니다. 뮤게로 불리는 은방울꽃도 그런 작용이 있는데요, 이 꽃의 향 분자 중에는 정자를 유인하는 기능도 있다고 알려져 있습니다."

"앗, 그럼 나는 하트노트를 뮤게로 할래요. 강토 씨, 되나요?"

은나래가 강토를 바라보았다.

"됩니다."

강토의 답에는 여전히 주저가 없었다.

"좋아요, 아주 좋아요."

몸서리를 친 은나래가 마무리에 들어갔다.

"그럼 우리 향수 천재, 윤강토 학생. 향수에 대한 본인의 생각과 작품 설명을 간단히 들어 보겠습니다."

"향수에 대한 제 생각은 향료로 그리는 그림이라고 할까요? 어떤 향이든 다 독특한 매력이 있으니 하나하나 개성을 살려 주고 싶습니다. 그러다 보니 자연스럽게 세 향수의 이미지즘이 통하게 되었는데요, 그중에서도 가장 신경을 쓴 건 세 번째 향수입니다."

"이거요? 천년후에?"

은나래가 향수를 들어 보였다.

"네. 아까 오 선생님이 심오라는… 과분한 느낌을 주셨는데 그건 아마 제가 19세기 초반의 향수 기법을 살려 보려고 애썼기 때문일 겁니다."

19세 초반.

"……!"

뜻밖의 단어가 나오자 스튜디오가 잠시 멈춰 버렸다.

"잠, 잠깐만요, 지금 19세기 초반이라고 했나요?"

은나래조차 말을 더듬는다.

"네."

"그럼 19세기 초반의 향수 기법도 공부했다는 거군요?"

"네."

"선생님들."

은나래가 두 전문가에게 SOS를 날렸다.

"강토 학생⋯⋯."

제이미가 바로 대응한다.

"19세기 초반이라면 자연 향수 시절이에요. 천연향료 몇 가지를 섞는 것만으로 센세이션이 되던 향수의 걸음마 시절."

"알고 있습니다."

"그때처럼 천연향료를 주로 썼다는 뜻으로 받아들이면 될 것 같습니다."

제이미가 정리를 했다. 교묘한 평가절하였다.

오 팀장은 나서지 않았다. 그녀는 블로터의 냄새를 맡고 있었다. 그제야 알았다. 심오한 느낌 뒤에서 손짓하던 그 아득함. 한가로운 목가이기도 하고 정중한 복고인 것도 같던 그 여운⋯⋯.

19세기 정통 향수의 기법이라는 말을 들으니 이미지가 맞아떨어지는 것이다.

'아아, 저 아이⋯⋯.'

은나래가 묻지만 오 팀장은 어깨를 으쓱해 보일 뿐이었다.

"좋습니다. 천연향료에 대한 저 자부심⋯ 그런데 강토 씨, 듣자니 불어도 거의 원어민 수준이라면서요?"

"조금 합니다."

"그럼 마지막으로 장래에 어떤 조향사를 꿈꾸는지 기왕이면 불어로 한번 들어 볼 수 있을까요?"

은나래의 멘트와 함께 강토에게 카메라가 집중되었다.

"만인을 위한 향수를 한 사람에게 바치듯, 한 사람에게 바치는 향수를 만인에게 바치듯 하는 조향사가 되겠습니다. 단순히 향이 좋은 향수를 만드는 게 아니라 그걸 사용하는 사람의 이미지가 되고 용기를 주고 위로가 되는 그만의 시그니처가 될 수 있도록 말입니다."

강토의 불어였다. 너무나 유창하니 출연진은 물론이고 장 피디조차 자리에서 일어나 버렸다. 그들만 놀란 건 아니었다. 제이미에 이창길 교수, 심지어는 할아버지조차 입이 떠억 벌어진 것이다.

"저기, 누가 통역 좀?"

은나래가 출연진을 바라보지만 모두가 외면에 딴전 모드다. 별수 없이 강토가 셀프 통역을 해 주었다.

"와우, 마무리 멘트도 100점."

은나래가 분위기를 띄우는 것으로 강토 분량의 촬영이 끝났다. 한두 번의 NG가 나기는 했지만 전체적으로는 무난했다.

"강토 씨."

스튜디오에서 나오는 강토를 장 피디가 불렀다. 그녀가 엄지척을 날려 준다. 표정이 밝은 걸 보니 만족하는 모양이었다. 가뜬한 발길이 더 가벼워졌다.

                    *   *   *

　"강토야."

　강토가 방청석으로 내려오자 상미가 손을 흔들었다. 옴니
스 멤버들 옆에 자리를 잡았다.

　"잘했어."

　다인과 준서가 속삭인다. 저만치의 할아버지와 방 시인도
손을 흔들며 힘을 보태 주었다.

　"안 떨렸어?"

　상미가 속삭인다.

　"꽉꽉 떨 걸 그랬나?"

　"아우, 이 여유……."

　"괜찮아 보였어?"

　"당연하지. 아까 제이미 눌러 버릴 때는 사이다가 쏟아지는
줄 알았어."

　"그랬냐?"

　"아주 아닌 척하면서 너 까려는 거 다 보이더라. 좀 야비
해."

　"괜찮아. 내가 아직 학생이다 보니까 선입견 때문에 한 말이
겠지."

　"학생이 무슨 죄야?"

　대화하는 사이에 녹화가 마감되었다. 손윤희의 데뷔작과 그

간에 변한 연예계 지형도, 그녀에 대한 기대감을 비빈 수다(?)가 끝난 것이다.

카메라가 꺼지자 손윤희가 출연자들과 인사를 나눈다. 그런 다음, 방청석으로 다가와 팬들에게도 인사를 했다.

순간.

"어머."

"와아."

"하흐음……."

그녀 주변의 방청객들이 신음을 내기 시작했다.

앞은 생기발랄 환희의 여신, 뒤는 원초 순백 순수 여신.

대기실에서 세팅한 향의 매력이 최고조에 달하는 순간이 된 것이다.

"손윤희 씨, 컴백해서 너무 좋지만 향수도 기막히게 좋아요."

"와아, 이게 손윤희 씨 구해 준 그 인생 향수인가요?"

"어쩜, 그냥 심장이 녹아 버릴 것 같아요."

팬들이 그녀 곁으로 몰려들었다. 향에 취한 방청객들도 끼어들었다.

치잇.

손윤희가 향수를 뿌린다. 농부르 띠미드였다. 그녀의 팬을 위해 기꺼이 희사하는 것이다.

"와아아."

팬들이 녹는다.

강토는 보았다. 그녀 주변에 우뚝한 향의 제국. 블랑쉬가 이루고 강토가 재현시킨 저 향의 제국. 그 첫 전령사가 된 손윤희는 마치 제국의 황녀처럼 보였다.

황녀는 일일이 사인을 해 주고 인증 샷까지 찍어 준다. 그런 다음에야 강토에게 다가왔다.

"윤강토."

"이모님."

"고마워. 새 향수."

"뭘요."

"이거 내 두 번째 시그니처 할 거야. 앞에 뿌린 향수와 기막힌 궁합을 이루는 짝꿍 향수."

"만족하시니 감사합니다."

"나 이제 좀 바빠질 거야. 그래서 미리 부탁하는데, 내 향수는 강토가 전적으로 좀 맡아 줘. 작품비는 얼마든지 지불할게."

"와아……."

손윤희의 말에 상미와 다인이 먼저 자지러졌다. 그녀는 이제 한물간 연예인이 아니었다. 몸이 열이어도 모자랄 정도로 사방팔방의 러브 콜을 받고 있었다. 오랫동안 쉬는 바람에 출연하지 못한 것이 오히려 식상함을 밀어내는 보상이 된 것이다.

"가자. 이제 향수 경매해야지."

손윤희가 강토를 향해 예의를 갖추었다.

그녀가 말한 대로 그녀의 인생 닥터였으므로.

"와아아."

짝짝짝.

대기실에 환호와 박수가 쏟아졌다. 녹화가 끝나자 출연진과 스태프들이 몰려들었다.

"강토야, 진행해."

손윤희가 강토 등을 밀었다.

"제 향수에 관심을 가져 주셔서 감사합니다."

강토의 인사와 함께 즉석 현장 경매가 시작되었다.

"오늘 제가 만들어 온 향수는 세 개였지만 아시다시피 하나는 이모님의 짝꿍 시그니처로 드린 것이니 경매하지 못합니다."

"아."

강토의 선언에 탄식이 흘러나왔다.

"그리고 이 향수 역시 제가 이미 다른 분에게 헌정한 거라 역시 경매하지 못합니다."

두 번째로 블랑쉬에게 바친 것을 골라냈다. 그러고 나니 월하향 하나가 남았다.

"그래, 그래. 셋 다 경매 안 하는 것보다 낫다."

조바심을 내던 우영자가 인내심을 발휘했다.

"제가 생각해 봤는데요 아직 학생 신분이다 보니 너무 많은 돈은 받을 수 없고… 하지만 그래도 하나밖에 안 만든 향수니까 30만 원부터 시작하겠습니다."

"싸다. 적어도 50부터 시작해야 하는 거 아닌가요?"

우영자가 손윤희를 돌아보았다.

"경매가 책정은 내가 하기로 했거든. 솔직히 말하면 한 1억부터 하고 싶지만 우영자 말대로 50으로 출발."

손윤희가 판을 정리했다.

"그럼 각자 신청가를 적어 내시면 제가 최고가에게 낙찰해드리겠습니다."

강토가 향수를 들어 보였다.

"그럼 최고가는? 배팅 제한 없음?"

우영자 목소리도 또 끼어들었다.

"최고가는 얼마로 하는 게 좋을까요?"

강토가 손윤희를 바라보았다.

"우영자, 얼마로 할까?"

손윤희가 우영자에게 물었다.

"배팅 제한 없앨까요?"

우영자가 슬쩍 사람들의 반응을 떠본다.

"에이, 좋아요. 누구 통이 큰가 보자고요."

"어? 진짜? 너 CF 계약금 입금되었다더니 큰 거 한 장 지르려는 거 아니지?"

민유라가 콜을 받자 우영자가 응수한다.

"아이고, 이러다 끝이 없겠네. 최고가는 100만 원, 어때?"

결국 손윤희가 기준을 내놓았다.

"좋아요. 빨리 하기나 하자고요."

우영자의 독촉이 나오자 모두가 핸드폰 화면을 들여다보기 시작했다. 장 피디도 적고 손윤희도 적는다. 그런데, 신기하게도 제이미도 가격을 적고 있었다.

"셋 세면 공개하는 겁니다. 하나, 둘⋯⋯."

셋.

장 피디의 구령과 함께 핸드폰 화면이 펼쳐졌다. 아까부터 재촉하던 우영자가 가장 빨랐다.

55만 원 한 사람.

60만 원 세 사람.

80만 원 두 사람.

그리고⋯⋯.

백만 원이 무려⋯⋯.

네 사람이었다.

「손윤희, 장 피디, 우영자, 그리고 민유라」

"뭐야? 누가 내 가격 훔쳐보랬어?"

우영자가 목청을 높인다.

"아, 다들 양보하세요. 이 향수는 제가 강토 학생에게 부탁한 거란 말이죠."

장 피디가 인정에 호소하지만 별 반응들이 없었다.

"아유, 아무도 입찰 안 하면 우리 조향 후배 기죽을까 봐 참가했더니 다행이네."

55만 원을 쓴 제이미는 순발력을 발휘하며 뒤로 빠졌다.

"재입찰해야 하는 거야?"

우영자가 100만 원 응찰자 그룹을 보며 중얼거렸다.

"그냥 강토 결정에 맡기지?"

손윤희가 모두의 양해를 구했다. 그녀의 날이었으므로 이의 제기는 나오지 않았다.

"우영자 님에게 드리겠습니다. 제일 먼저 가격을 제시했으니까요."

강토가 결정을 내렸다. 이유가 타당하니 누구도 딴말을 하지 않았다.

"와아, 나도 인생 향수 득템."

덩치 큰 우영자가 향수를 안고 방방 뛰었다.

"언니, 나 소분해서 3분의 1만. 50 낼게."

민유라는 포기할 수 없다는 태세다. 별수 없이 강토가 개입했다.

"죄송하지만 향수는 소분하면 안 됩니다. 조금 더 숙성한 후에 쓰셔야 하기도 하지만 마개를 열어 버리는 순간 향 분자들이 공기와 접촉하면서 미묘한 산화가 일어나거든요. 그렇게 되면 원래의 비율이 깨져서 향이 변할 수 있습니다."

"들었지?"

우영자는 보란 듯이 향수를 챙겼다.

이건 팩트였다. 니치나 명품 향수의 경우 가격이나 희귀성 때문에 일부 사람들이 소분 거래를 한다. 그건 바람직하지 못한 행위였다.

그런데.

제이미는 왜 경매에 참가했을까? 가져가서 흠을 잡을 생각이었을까? 아니면 포뮬러를 분석해 유사한 향수를 만들려던 것일까?

어느 것이든 개의치 않았다. 월하향 향수가 강토의 전 재산인 것도 아니기 때문이었다.

우영자를 택한 건 강토의 계산이었다. 그녀는 연예인 인맥이 많다. 그녀가 어울리는 연예인들은 손윤희의 인맥과 또 성격이 다르다. 그렇기에 홍보에 그만이었다.

"강토 씨, 그럼 추가 주문이라도 받아 줘요."

장 피디와 민유라는 그냥 넘어가지 않았다.

"나도 신청."

"나도."

출연진과 스태프 거의 전부가 손을 들었다. 이 자리에서 받은 향수 주문 건만 20개가 넘었다.

그것으로 방송국에서의 일정이 모두 끝났다.

"강토한테 밥이라도 사고 싶은데 어쩌지? 다음 촬영이 줄줄이 대기 중이라서……."

손윤희가 미안한 표정을 지었다.

"괜찮습니다. 저도 기다리는 사람이 많거든요."

"하긴……."

주변을 돌아본 손윤희가 고개를 끄덕거렸다. 우선은 오 팀장이 그랬고 강토의 친구들과 할아버지 등이 그랬다.

"아무튼 짝꿍 향수 너무 고마워. 이걸 뿌리니까 어딜 가든 내가 주인공 같은 거 있지?"

손윤희의 만족도는 거의 만렙이었다.

"이모님은 이미 주인공이세요. 편안하게 누리세요. 향수는 얼마든지 공급할 테니까요."

"그 말, 책임져야 해. 나도 마를린 먼로처럼 이 향수 날마다 입고 덮고 잘지도 몰라."

"네."

"향수값은 준서 편에 보내 줄게."

"아뇨. 저번에 장학금도 주셨고 방송에도 나오게 해 주셨으니 그냥 두세요. 만약 또 보내시면 저 이제 향수 안 만들 거예요."

"그러면 미안해서……."

"대신 데뷔작, 뭐가 되었든 대박 나세요."

"알았어. 대박 나면 내가 강토 차 한 대 뽑아 준다."

손윤희는 큰 약속을 두고 멀어졌다.

강토 손에는 100만 원 봉투가 남았다. 그길로 방송국 입구로 나갔다. 들어올 때 보니 불우이웃돕기 성금 접수처가 있었다. 봉투에 이름을 적었다.

「블랑쉬 로베르」

강토 이름이 아니라 전생 이름이었다.

블랑쉬.

나 이제 시작했어.

지켜봐 줘.

돈도 많이 벌고 명예도 벌고, 너처럼 어려운 사람들에게 좋은 일도 많이 할게.

이게 그 증거야.

쪽.

키스와 함께 성금함 속으로 봉투가 들어갔다.

"경매가가 100만 원?"

유쾌하가 물었다.

"네."

"대박."

옆에 있던 차 선생이 주먹을 불끈 쥐었다.

"진짜 대박은 따로 있어."

오 팀장이 핸드폰을 보며 말했다.

"뭔데요?"

"방송국 홈페이지 좀 봐."

"홈페이지요? 어머."

홈페이지로 들어간 차 선생이 소스라쳤다.

"뭔데?"

유쾌하가 고개를 빼 든다.

"시청자들 반응요. 오늘 방송에 나온 향수 어디 가면 살 수 있냐고 난리예요. 벌써 댓글이 300개가 넘고 있어요."

화면을 넘기는 오 팀장 손이 분주했다.

"윤강토."

유쾌하가 강토를 바라본다.

"예."

"출연자들에게 추가 주문도 받았다고?"

"네."

"대단해. 거의 조향사로 데뷔한 거 같은데?"

"그래도 될까요?"

"당연하지. 모르긴 몰라도 제이미처럼 연예인들 주로 상대하던 조향사들이 바짝 긴장하고 있을걸? 손윤희 씨가 방송을 쉬기는 했지만, 아직 영향력이 상당하거든. 그런 분의 마음을 확 휘어잡았으니……."

"팀장님이 평가를 후하게 해 주신 덕분입니다."

"아니야. 그건 누가 봐도 99점짜리였어. 100점을 안 준 건 너무 완벽하면 발전할 구멍이 없어서였고… 스타니 박사님 같은 분이 봐도 마찬가지였을 거야."

"아닙니다. 제이미 선생님은 각을 많이 세우시던데 제게는 큰 도움이었습니다."

"그건 제이미가 강토를 몰라서 그래. 방송 전에 보니까 우리 이창길 교수님 만나는 것 같던데 나한테 와서도 그래. 윤강토가 그렇게 대단한 아이냐고."

"……."

"향수 직접 보고 경험하라고 했지. 뭐 솔직히 말하면 나도 제이미 같은 부류였으니까 경험담 들려준 거야."

"팀장님."

"이제니까 자수하는 거야. 제이미는 이 교수님이랑 같이 가던데 뭐 그래 봤자 변할 거 있겠어? 강토 실력이 어딜 갈 것도 아니고."

오 팀장이 웃었다.

"그나저나 제이미 그 친구는 왜 강토 향수 경매에 나선 거야? 그것도 꼴랑 55만 원에?"

유쾌하가 오 팀장을 바라보았다.

"실은 저도 경매에 참가하고 싶었어요. 그 향수 진짜 욕심나더라고요."

"그 정도였어?"

"향이 딱 후각망울을 때리는 순간, 과거의 아련함 같은 게 밀려드는 거예요. 심오라는 단어를 썼지만 그것만으로도 형용이 부족했어요."

"아쉽군."

"제이미는… 그 친구가 카피 잘하잖아요? 겉으로는 은근하게 강토 향수를 깠지만 그 친구라고 후각이 없겠어요? 심오하다는 거 분명 알았을 거예요. 그러니 포뮬러 분석해서 자기 작품에 응용하려는 거겠지요. 아니면 이 교수님이랑 같이 분석하면서 꼬투리 잡아 보든가……."

"아직도 그러고 있나? 이제는 재벌 집안과 연예인들 주로 상대한다면서."

"그것도 재주예요. 향 주제 살짝 바꾸기의 명수인 데다 연기도 좀 되잖아요."

"하긴……."

"그나저나 강토 기다리는 사람들 많은 거 같은데 본론 전하고 가시죠?"

"어? 그래."

저만치에서 서성이는 상미와 다인 등을 본 유쾌하가 시선을 가다듬었다.

"다른 거 아니고 조향 오르간 세팅되었거든. 강토가 괜찮다면 내일이라도 보내 줄게."

"앗, 정말입니까?"

"그래. 그러니까 우리 향수도 명작으로 부탁해."

"열심히 하겠습니다."

"오늘 기막혔어. 특히 손윤희 여사님의 짝꿍 향수. 솔직히 레이어링이 유행하기는 하지만 보통 무거운 향을 아래에 뿌리고 경쾌한 걸 위에 뿌리거나 두 가지를 겹쳐 뿌리는 DIY(Do it yourself)가 보편적이지 앞뒤를 투 블럭으로 나눈 후에 이미지를 연결해 주는 건 흔한 일이 아니었거든."

"맞아요. 제이미가 조 말론이 주창한 그 방법을 응용하면서 재미를 좀 봤다죠. 인기 배우 신수하에게 사이프러스 머스크류를 하체에 뿌리고 상체에는 재스민 바이올렛 향, 가수 오리나에게는 오렌지 블라썸류에 라임 바질 앤 만다린 쪽… 사실 비하인드 스토리 알고 보면 홍보용으로 그냥 제공한 거지만요."

유쾌하의 말에 오 팀장이 첨언을 했다.

"말이 자꾸 길어지네. 자, 그럼 향수 나오면 보자고. 그 전에라도 자료용 향료가 필요하거나 조언 같은 거 필요하면 언제든 콜 하고."

"네."

"강토, 파이팅."

차 선생의 응원을 끝으로 아네모네 팀이 멀어졌다.

제2장

—

꿈꾸는 아이리스

"인터넷 댓글들이 난리도 아니야."

작은 카페에서 다인이 소리쳤다. 그녀가 화면 캡처를 보여 준다. 아마추어 향사들의 카페도 있고 향수 마니아들의 블로 그에 향수 레이어링을 주제로 하는 인스타도 있었다.

"여기 좀 봐. 오늘 방송이 설정 아니냐는 글도 있고……."

"조향 천재의 탄생이냐는 의견도 있어."

다인과 상미가 댓글을 번갈아 읽어 준다.

그중의 한 논란이 강토 눈에 들어왔다.

―심오가 말이 되냐? 19세기풍?

—좀 과하지?

—그럴 수도 있지, 손윤희를 살렸다잖아?

—그게 바로 설정이라는 겁니다. 손윤희의 컴백을 신비화하기 위한. 내 손목을 검.

—그러기에는 출연자들 표정이 압권이었어요. 그 사람들 솔까 연기파는 아니잖아요.

—그래도 설정. 한국이 조향 후진국인데 유럽 조향 학교도 안 다녀온 국내 졸업반 학생이 가당키나 할까요?

—농부르 띠미드 재현했다잖아요?

—위에 분, 직관하셨어요?

—그럼 손윤희를 비롯해 방송 전체가 설정이란 말인가요? 손윤희 후각 문제는 SS병원까지 연결되던데?

—여튼 사기캐.

—그나저나 그 향수 좀 구해 봤으면.

"난 이 사람들 논란 이해해. 우리도 그랬잖아?"

다인이 깔끔하게 정리를 해 버렸다.

"인정."

준서가 손을 든다.

"그나저나 이제 강토 얼굴 보기 힘들어지는 거 아니야? 완전 찐 조향사 같아."

상미가 울상을 짓는다.

"그만하고 그라스 얘기나 좀 해 봐라. 그라스는 잘 있어?"

강토가 화제를 돌렸다. 상미로서는 큰마음 먹고 간 그라스였다. 그 소감을 들어 주는 것도 필요했다.

"아, 그라스… 다시 돌아가고 시포."

상미 두 눈에 하트 뿅뿅이 반짝거린다.

"기집애, 누군 그라스 안 가 봤냐?"

다인이 부러움에 찬 견제구를 날렸다.

"넌 그냥 그라스. 난 강토가 후각을 회복한 조향 성지순례. 똑같냐?"

"그렇다면 팩트 체크. 이거 무슨 오일?"

다인이 새 향수 하나를 꺼내더니 상미 코앞에 흔들고는 감춰 버렸다.

"라벤더네?"

"옴마야."

즉각적인 답에 다인이 몸서리를 쳤다. 문득 강토의 빙의 버전으로 보인 것이다.

"야, 내가 강토가 알려 준 향낭 훈련을 얼마나 지독하게 한 줄 알아? 강토 혼자 잘되는 거 배 아파서 죽기 살기로 했거든."

상미가 향낭 주머니 여섯 개를 꺼내 놓았다. 다인이 그중 하나를 집어 든다. 감귤 계열이었다.

"레몬, 오렌지, 자몽, 만다린… 맞냐?"

"베르가모트도 있거든."

"쉽지 않은데?"

다인이 준서에게 향낭을 건넨다. 준서도 코박킁을 하지만 반응은 다인과 비슷했다.

"앙, 뭐야? 강토하고 상미, 준서 오빠는 꽉꽉 업그레이드인데 나만 낙오자네."

상심한 다인이 어깨를 늘어뜨렸다.

"너도 가의도에 내려가서 아빠 많이 도왔다며?"

준서가 그녀를 위로했다.

"그러면 뭐 해. 이러다 졸업하면 가의도로 컴백할 형편이야. 꽃 따는 섬 소녀……."

"……"

준서가 입을 닫는다.

조향학과 졸업반.

마침내 취업의 현실이 돌아온 것이다.

"강토는 좋겠다. 준서 이모님하고 연예인들이 네 향수 써 주시니 그거 내세우면 니치나 시그니처 만드는 공방 내도 될 것 같아. 아네모네에서도 실력 인정받았잖아?"

다인의 눈에서 부러움이 뚝뚝 흐른다.

"너희도 아직 시간 남았잖아? 2학기 때 같이 분발해 보자."

"그래. 스타니 박사님도 그러더라. 향수를 잘 만들거나 화학을 잘해야만 조향업에 종사하는 건 아니라고. 예를 들면 세르주 뤼탕이 그렇다고."

상미가 다인에게 말했다.

"세르주 뤼탕?"

다인이 관심을 보인다.

세르주 뤼탕이라면 레전드급에 속하는 향수 제조자였다. 그는 향수 제조나 화학에 대해 교육을 받은 적이 없었다. 대신 안목이 있었다. 토탈 뷰티 유행을 선도하는 안목.

"야아, 그건 향수 만드는 거보다 더 어려운 거잖아?"

"세르주 뤼탕도 그랬대. 처음에는 메이크업을 했다던데? 박사님 얘기 듣다 보니 강토 생각이 났어. 같은 얘기는 아니지만 뭔가 연결되는 거 같은 느낌?"

"됐고… 선물이나 내놔라."

"좋아. 눈 감아 봐."

"아오, 그냥 주지 좀 까다롭네."

다인이 눈을 감자,

치잇.

향수가 분출되었다.

"에잇, 보너스다."

치잇.

한 번 더.

"기분 어떠냐? 눈 뜨지 말고 말해 봐."

"장미 향 넣은 비스킷이냐? 비스킷 향 넣은 장미냐? 느낌

좋은데?"

"토카드다. 언니가 쓰려고 사 왔는데 그동안 후맹에 가까운 나 데리고 우리 스터디 리더 하느라 개고생했으니까 상으로 준다."

"토카드?"

다인이 눈을 떴다. 작은 향수병이 그녀 손 위에 놓여 있었다.

"와아, 향이 굉장히 명랑해."

"스타니 박사님이 나한테 준 선물이다. 장미 노트인데 밝은 비스킷 향에 반짝거리는 메탈 향이 좋아서 후각 연습에도 도움이 될 거라고."

"그런데 나를 줘?"

"나는 충분히 맡았고 내 싸부 강토가 준 향낭들이 있으니까."

"앙, 고마워. 꿀꿀한 기분이 급 풀리네."

"기왕 기분 푸는 거 확실하게 풀어라."

강토가 선물 공세에 올라탔다. 농부르 띠미드를 한 병씩 돌린 것이다.

"앗, 그 향수잖아?"

다인이 반색을 했다.

"옴마야, 진짜 우리 것도 만들었어?"

상미도 좋아 어쩔 줄을 모른다.

"지난번 향에서 한두 가지 보강된 거야. 준서 형 이모님 인생 시그니처니까 그분 만날 때는 뿌리지 말아라."

강토가 주의를 환기시켰다.

"알았어……."

멤버들은 얌전하게 복종(?)했다.

"가만, 그런데 이거 공현아도 부탁하지 않았어?"

상미가 물었다.

"그랬는데 오늘 안 왔네?"

강토가 준서를 돌아보았다.

"현아, 상하이 로케 갔다더라. 안 그랬으면 오늘 왔을 건데……."

"그렇구나."

"그리고 싸부님."

상미가 강토 옆구리를 찔렀다.

"왜?"

"연예인들 향수 주문 말이야, 바쁘면 나 언제든지 불러. 무료 알바 해 줄게."

"나도."

다인도 빠지지 않는다.

"야아, 내가 무슨 진짜 공방 차린 것도 아니고……."

"왜 이래? 아네모네 향수까지 개발해야 하잖아? 그러려면 자원봉사자 필요할 거야. 재료나 도구 준비 같은 거 말이야.

청소도 그렇고. 그런 건 조향사님이 직접 하면 폼 안 나잖
아?"

"배상미."

"헤헷, 너랑 같이 있으면 내 후각이 조금 더 좋아질까 해
서……."

"어휴, 알았다. 도움 필요하면 바로 SOS 때릴게."

"우와, 약속한 거다?"

상미는 좋아 어쩔 줄을 몰랐다.

돌아가는 길, 핸드폰 화면에 불이 들어왔다. 작은아버지였
다.

"작은아버지."

─이어, 닥터 시그니처.

"뭐예요? 놀리시는 거 같은데?"

─절대 아니다. 방송 보고 감동 먹었다. 특히 네 불어… 그
건 언제 또 그렇게 배웠냐?

"작은아버지와 송 과장님께 감사하다는 장면도 보셨죠?"

─그럼, 나는 속물이라서 그거 보려고 시청한 거거든.

"웬일이세요? 빨리 용건 말하세요."

─오, 이제 유명 인사라서 바빠진 모양이구나?

"유명 인사는 장래 희망입니다. 아직은 아니고요."

─그래. 유명해지기 전에 부탁한 거 좀 들어다오.

"초기 암 환자 프로그램 말이군요? 날 잡혔어요?"

―이번에 비글들만으로 해 봤는데 효과가 만족스럽지 않았던 모양이야. 그래서 다음번에는 너를 모시고 싶단다. 물론 유명 인사시니까 초빙비는 두둑이 줄 예정이고.

"그건 감사히 받겠습니다."

―9월쯤 새 환자 집단에 재진단 들어갈 모양이던데 되겠냐?

"맞춰 드리죠."

―고맙다. 그런데 다른 고민이 또 생겼다.

"뭔데요?"

―작은엄마에, 우리 원장님 사모님, 심지어는 우리 간호사하 샘까지 압력이다. 네 향수 좀 구경하고 싶다고.

"그것도 고려해 보죠."

―정말이냐?

"지금 목숨의 위협 느끼는 건 아니죠?"

―그야…….

"그럼 병원 갈 때 가져다 드릴게요."

―고맙다. 네가 이제 나를 마구마구 살려 주는구나.

작은아버지와의 통화가 끝났다. 강토 때문에 많은 가책을 가지고 산 사람. 그걸 생각하면 지금도 애틋하다. 게다가 손윤희의 회복에도 결정적 기여를 했다. 그렇게 생각하니 모든 게 고마운 하루였다.

"조심하세요, 조심."

차 선생이 인부들을 다그쳤다. 강토 전용의 조향 오르간이 들어오는 날이었다. 아네모네에서 그 책임을 차 선생에게 맡겼다. 강토의 재주를 처음으로 알아본 그녀였기에 케미를 이어 주려는 의도 같았다.

"와아."

콘센트레이트와 각종 에센스, 고체의 향료들이 나오자 구경 온 방 시인이 입을 쩌억 벌렸다. 그 옆의 할아버지도 혀를 내두른다. 천연과 합성을 합쳐 엄청난 숫자였다. 강토식의 배열 기준에 따라 정리하는 데 한 시간도 넘게 걸렸다.

"이게 다 향수 만드는 재료라고?"

방 시인이 물었다.

"아직 다 온 건 아니에요. 강토야, 향수 만들다가 필요한 거 있으면 언제든 카톡 쏴. 팀장님하고 실장님이 유럽 향료 회사에 날아가서라도 구해다 주신다니까."

도와주던 차 선생의 말이었다.

"너무 무리하시는 거 아닌가요?"

"무리는. 다른 사람들도 이 정도는 지원해 줬어. 너네 학교 이창길 교수 같은 분은 따따블이었고."

"따따블요?"

"오 팀장님하고 친하시잖아? 향수 오르간 세팅해 준다고 하니까 필요 없는 물건들까지 다 신청하더라. 무슨 한몫 잡을 일 있는지……."

"……."

"그러니까 걱정 말고 신청, 알았지? 오 팀장님이 자르면 내
가 보관실 털어서라도 가져다줄게."

"고맙습니다."

"그런데, 이미 갖춘 것들도 많네?"

차 선생의 시선이 강토의 테이블로 향했다. 그녀도 조향사
다. 그것도 괜찮은 조향사. 강토 방에서 나는 특별한 냄새 분
자를 모를 리 없었다.

"특별한 게 몇 가지 있기는 해요."

그녀의 수고가 고마워 블랑쉬의 보물을 몇 가지 선보였다.

"어머."

샌들우드 향을 맡더니 그냥 자지러진다.

"우와하."

유향 앞에서는 몸을 떨 지경이다.

"그리고 이거요."

마지막으로 선보인 게 바로 용연향이었다.

"……!"

그녀가 굳는 게 보였다. 그렇게 기막힌 용연향은 그녀로서
도 처음이었다.

"이거… 설마 용연향?"

묻는 목소리까지 떨렸다.

"맞아요."

"이런 건 대체 어디서……?"

"제가 어릴 때 할아버지랑 중동에 있었거든요. 그때 용연향의 고장이라는 예멘의 소코트라 섬 촌장님과 친해졌는데 그분에게서 조금 얻었어요."

강토가 기막히게 둘러댔다.

"와아… 와아……."

차 선생의 감탄이 멈추지 않는다.

"선생님이 애쓰셨으니까 좋은 향수 만들도록 노력할게요. 샘플 나오면 먼저 보여 드리고요."

"고마워. 그리고 실장님이 영감에 필요하면 꽃 재배 농원이나 샘플실, 저장실 어디든 사용해도 좋다고 하셨어. 향수 스케치하다가 머리 아프면 놀러 와."

"네."

"그리고 통장 찍어 봐. 개발비 3천만 원 꽂혔을 거야."

"예? 벌써요?"

"그럼 나는 간다."

차 선생은 강토를 오래 방해하지 않았다. 그냥 보내는 게 아쉬운 할아버지가 작은 그림 한 점을 안겨 보냈다.

"……!"

통장을 본 할아버지가 하얗게 질렸다.

3천만 원.

할아버지가 잘나갈 때 그림으로 벌어들이는 연봉이 1억은 되었다. 하지만 지금은 많이 줄었다. 그러니 강토의 액수에 감격이 되는 모양이었다.

"아유, 우리 윤 화백님, 손자 하나는 진짜 잘 두셨네."

방 시인이 할아버지에게 말했다.

"그러게요. 누구 말처럼 꿈이 있는 사람은 하늘도 못 말리나 봅니다. 우리 강토가 이제 슬슬 꽃을 피우기 시작하니……."

할아버지 눈시울이 뜨거워진다. 못 본 체했다.

늙으면 눈물샘 제어가 안 되거든.

할아버지의 단골 평계를 알기 때문이었다.

방 시인과 더불어 외식을 했다. 강토가 쏘는 점심이었다.

난생처음 거액이 들어왔으니 할아버지의 은혜를 갚는 것이다. 방 시인이 함께해 줘서 더 좋았다.

계산을 하고 2차 후식에는 빠졌다.

할아버지와 방 시인.

두 사람의 체취가 변해 있었다. 두 사람이 같이 있으면 체취가 더 크리미하고 스위트하다. 그런 사이에 오래 끼어 있는 건 냄새 좀 아는 조향사의 기본이 아니었다.

새로 들어온 조향 오르간 때문이기도 했다. 냄새 분자로 대충 맛을 보았지만 제대로 느껴 보고 싶었다. 좋은 향수를 만들려면 향 분자의 특성을 알아야 했다. 로즈 향과 재스민 향이라고 다 같은 게 아니다. 하나하나의 품질을 기억해야 연상 스케치를 할 수 있는 것이다.

'후우.'

다락방의 베이스로 귀환했다. 의자를 당겨 앉고 향수 오르간을 바라본다. 대충 봐도 600개가 넘는 향료였다. 간단히 말해서 없는 것만 빼고 다 있는 셈. 이제는 진짜 조향사와 다름없는 조건을 갖춘 것이다.

좋다.

웃음이 절로 나왔다.

수많은 향료들 중심에 블랑쉬의 보물을 배치했다.

「오우드, 베티베르, 로즈, 재스민, 샌들우드, 시더우드」

「몰약, 유향, 사향, 용연향」

블랑쉬의 보물을 놓으니 정말 막강해 보였다. 학교의 라파엘 교수는 물론이고 그라스의 스타니 박사 것에도 크게 꿀릴 게 없는 구성이었다.

'아네모네.'

블랑쉬의 보물 앞에서 계약서를 바라보았다.

유럽의 네임드 회사들에게 인정받기 위한 향수를 원한다.

강토는 이미 밑그림을 가지고 있었다.

「그들 방식이고 그들의 향이면서 그들을 뛰어넘는 것.」

가만히 수년간의 어워드 향수들을 복기했다. 강토의 후각 망울에는 이내 수백 종의 향수 분자들이 너울거린다.

로즈, 재스민, 제비꽃, 일랑일랑, 그리고 오셔닉과 머스크들⋯⋯.

그 많은 소재들이 밀려가고 하얀 꽃 하나가 다가온다.

아이리스였다.

하얀 실크나 블라우스처럼 하늘거리는 그 꽃.

블랑쉬의 어머니가 갓 태어난 그를 안고 달려간 꽃밭.

하얀 축복을 위해 이름까지 블랑쉬.

그렇다면.

블랑쉬의 유럽 귀환은 아이리스로 가는 게 옳았다.

아이리스 노트.

그것으로 위대한 귀환을 하는 것이다.

하트노트는.

그렇게 정해졌다.

*   *   *

아이리스(Irises).

한국에서는 붓꽃으로 불리며 많은 사람들의 사랑을 받는다.

그러나 프랑스에서는 더 유명하다.

프랑스의 국화인 것이다.

종류가 어마어마하다.

꽃의 색깔도 블랑쉬에게 첫 휴식처를 제공한 흰색부터 보라색까지 다양하다. 보라의 꽃말은 '낭보'이고 노랑은 '비보'이다. 하양은 '사랑'이다.

아쉽게도 봄꽃이라 4—5월에 집중적으로 개화한다. 드물게 6월이나 7월까지 피기도 하지만 지금은 볼 수 없다는 뜻이었다.

아이리스는 신들의 정령으로 불린다. 조향사의 입장으로 본다면 아이리스 향의 정수로 향수를 빚는다면 신계를 넘나드는 느낌을 가질 수도 있다는 뜻이었다.

다시 눈을 감고 아이리스를 불러온다.

그라스 풍경이 파우더리하게 펼쳐진다.

4월과 5월이 되면 어린 블랑쉬는 아이리스 군락을 달렸다. 어린 시절, 키를 낮추면 숨기에도 맞춤했다. 그들의 키는 딱 블랑쉬가 주저앉은 높이였다.

향으로 치자면 아이리스 팔라다가 꼽힌다. 그 종의 향이 SS급이다. 아이리스는 이미 샤넬 No.19의 한 성분으로 진가를 발휘한 바 있다. 그 향수 하트노트의 하나가 바로 '이리스'인 것이다.

이리스.

프랑스인들의 발음이었다. 그들은 아이리스라 말하지 않는다.

아이리스 콘센트레이트를 열었다.

흐음.

냄새 분자의 품질을 체크한다.

풀잎 향의 분자들이 싱그럽게 나래를 편다. 풀을 막 잘랐을 때의 그 향이었다. 섬세한 감수성이 느껴진다. 이런 향은 플로럴 노트를 돋보이게 한다.

토스카나 아이리스 뿌리를 증류해서 만든 오리스는 사향이나 영묘향, 몰약과 유향처럼 베이스노트에 다용된다. 여러 가지 냄새 분자를 포함하는데 특히 부드러운 흙냄새와 달콤함, 포도 향 등으로 다른 노트를 강화하는 작용에 쓰인다. 조금 더 집중하면 향 분자는 더욱 다양해진다. 사이프러스에 바질, 세이지와 파인의 느낌도 들어 있다. 한마디로 작은 초원이다.

아이리스 팔라다.

아이리스 중에서도 손꼽히는 향을 지닌 종.

강토 손에 들린 콘센트레이트는 그 종이 아니었다.

향이 약하고 아이리스 향에 포함된 냄새들이 그리 정갈하지 않았다.

아이리스도 다른 꽃처럼, 모든 꽃이 다 같은 품질을 가지는 게 아니었다.

일단 밑그림을 그려 본다.

아이리스의 향.

어린 시절의 냄새가 난다. 그러나 결국은 우울한 분위기다. 후각망울의 신호를 받은 뇌의 변연계와 피질이 그렇게 판정을 내린다. 때로는 장례식 분위기도 풍긴다. 어떻게 보면 당연하기도 했다. 아이리스의 꽃말이 무엇인가? 신들의 정령이다. 신과의 가교가 된다는 건 일종의 엄숙함이다. 조금만 지나치면 우울함으로도 비칠 수 있었다.

강토 시선이 눈앞의 향수 오르간으로 옮겨 간다.

빙긋.

미소가 행복하다.

손만 뻗으면 어떤 향이든 잡을 수 있다.

눈에 꽂힌 건 쿠마린과 페르시콜이었다. 두 향료를 물감에 비하면 수채화보다는 파스텔 쪽이었다. 쿠마린은 더없이 사랑스럽고 페르시콜은 더없이 활기차다.

다음으로 베티베르가 눈을 차고 든다. 베티베르는 일랑일랑과 함께 우울증에 효과가 있다. 기특하게도 향의 깊이도 더하는 한편 신성한 분위기까지 살려 준다. 스케치가 속도를 낸다. 아이리스와 짝을 이룰 향료들이 줄을 서는 것이다.

「어린 시절과 우울함」

그 사이에 수선화와 치자 향을 밀어 넣었다. 순진의 영감이다. 저 많은 향 분자를 하나하나 대입하고 떨궈 보면서 어코드를 맞춰 볼 필요는 이제 없었다.

치자 향에도 병약한 느낌이 있다. 어린 시절이라는 불안정과 불안, 우울함과 기막힌 조합을 이룬다. 그 반전은 베티베르가 맡는다. 울림이 깊은 향으로 우울함을 밀어내는 것이다. 동시에 성스러운 분위기를 한 겹 더 입혀 준다. 반전의 대미는 페르시콜이 맡는다. 신성에 물든 어린 시절의 분위기를 빛나는 활력으로 승화시키는 것이다.

여기서 끝나도 좋지만 평범하다. 강토의 스케치가 조금 더 질러 간다. 블랑쉬의 귀환 작품으로는 밋밋하다고 본 것이다.

그림 하나를 불러냈다.

저들의 프라이드에 속하는 화가 고흐였다.

그의 작품에도 아이리스가 있었다. 그 화폭을 숭덩 베어 온다. 저들의 정서를 관통하는 것이다.

변화무쌍했던 고흐의 인생처럼 한 번 더 비틀었다.

페르시콜의 활력에 재기 발랄함을 입혀 줄 향로.

나와 봐.

강토가 다시 오르간을 바라본다. 그 명을 받은 건 오른쪽 끝에 위치한 참백나무 향이었다. 이 향은 생각에 에너지를 달아 준다. 이것으로 부족하면 퀴놀린을 소환한다. 이 향은 베토벤처럼 격렬하게 몰아치는 능력이 있었다.

'그렇다면?'

마무리는 누구에게 맡길까?

강토의 시선이 오르간의 중심으로 향한다.

—활력의 만렙 향 용연향.

—성스러운 이미지의 유향.

유향이 낙점되지만 손이 간 것은 블랑쉬의 보석이 아니라 아네모네가 보내 준 '올리바넘'이었다. 소말리아의 유향나무에서 유래한 것이다.

잘 쓰면 더없는 보류제가 된다. 베티베르와 짝을 이루면 신성의 느낌도 배가된다. 블랑쉬의 보석이 아까워서는 아니었다. 이 향수에 들어가는 향료는 보편적인 것이 좋았다. 유럽의 명품 향수 회사들은 경제성을 중요시한다. 그 입맛에 맞출 생각이었다.

시간이 깊어 간다.

강토의 스케치도 점점 깊어 간다.

스케치 단계에서 강토는 이미 무아에 이르고 있었다.

*   *   *

방학이 끝났다.

방학 동안 많은 돈이 모였다. 라파엘의 장학금을 시작으로 통역비에 더해 연예인들의 향수 선금, 아네모네의 의뢰비까지 들어왔으니 액수가 쏠쏠했다.

이 돈으로 뭘 할까?

당연히 향료 구입이었다.

가장 좋은 건 향료 회사와의 직거래였다. 주스로 불리는 콘센트레이트건 에센스건 직접 볼 수 있다면 더 좋다. 그곳의 전문가들도 강토의 후각을 따를 수 없기 때문이었다.

서울에 소재한 향료 회사에 의사를 타진했다.

칼 거절을 먹었다.

일개 학생이 자신들의 물품 창고에 와서 하나하나 골라 보겠다니 코웃음이 나오는 모양이었다.

실망하지 않았다.

최고의 조향사가 되면 이런 문제들은 저절로 해결된다. 조향의 대가들은 새로운 향 분자를 찾으면 향 개발 회사에 개별 의뢰도 가능했다.

개학을 하면 라파엘의 조언을 얻을 생각이었다. 그는 지금 해외의 골동품 지역을 돌고 있다. 개강에 맞춰 돌아올 예정이라 연구소는 비어 있었다.

향수 전용 냉장고와 와인 셀러를 바라보았다.

그동안 만든 향수들이 와글거린다. 연예인들이 주문한 것의 일부였다. 그 사이에는 공현아에게 전달할 향수도 있다. 냉장고의 문은 열지 않았다. 향수의 숙성은 나무와 같다. 시간과 햇빛, 바람이 기르는 것이지 사람의 조바심이 기르지 않는다. 연예인들에게 약속한 향수는 은나래가 주문한 뮤게만 남았다. 곧 만들 생각이었다.

"오늘 개학이지?"

아침상을 차린 할아버지가 강토에게 물었다.

"네……?"

대답하던 강토가 코를 벌름거린다. 낯선 냄새가 감지된 것이다.

"이게 뭐죠?"

강토가 테이블의 반찬을 바라보았다.

"가죽나물?"

"가죽나물요?"

강토 젓가락에 나물 하나가 낚였다. 초록에 밤색이 절묘하게 섞인 나물이었다.

"방 시인이 주더라. 얼마 전에 강원도 사는 친구가 보낸 거라나? 그게 가죽 냄새가 살짝 나지만 아주 귀한 나물이라며……."

'가죽나물……'

우물.

맛을 본다. 향은 코로 느낀다. 진짜 가죽 냄새가 난다. 그러나 레더의 향 분자보다는 한결 부드럽다. 새로운 분자 하나가 또 저장되었다. 좋은 징조였다.

*   *   *

"강토야."

학교에 들어서자 상미가 달려왔다. 다인과 준서도 저만치 보였다.

"나 테스트해 봐."

보기 무섭게 스파이시 향낭을 내민다.

"오, 많이 발전했나 본데?"

"해 보라니까."

상미가 눈을 감는다. 그사이에 강토가 향낭을 풀었다.

"이거?"

조각 하나를 집어 상미 코에 내민다.

"감초."

바로 맞혀 버리는 상미.

"이건?"

"정향?"

"그럼 이건?"

"시나몬이지?"

"오, 그럼 이번에는?"

강토 손바닥에 깡총 올라선 건 아니스였다.

"이건……."

상미가 후각을 다듬는다. 그러더니 기어이 답을 맞혀 버렸다.

"아니스!"

"빙고."

강토가 손바닥을 내밀었다. 상미는 그 손바닥이 터지도록 힘차게 쳐 주었다.

"나 어때?"

"죽이는데? 더 좋아진 거 같아?"

"그렇지. 어제 병원에 다녀왔다. 이제 정상인 정도는 된대."

"하긴 이렇게 종류를 늘렸으니… 내가 넣어 준 건 여섯 개 정도였는데 이건 열 개도 넘잖아?"

"내가 조금씩 늘렸어. 맨날 똑같은 걸로 하니까 향이 외워진 게 아닐까 싶어서."

"미안하지만 향은 외울 수 없거든요."

"아무튼, 향수는 많이 만들었어?"

"응."

"아, 씨… 이럴 때는 안 좋다니까. 네가 좀 헤매야 나를 부를 텐데……."

"가자. 다인이하고 준서 형이 기다린다."

"오케이."

상미가 향낭을 받아 들었다.

2학기.

어쩌면 상미가 가장 기다렸는지도 모른다. 후각이 정상에 가까워졌기 때문이었다.

"개강 축하 선물이다."

준서가 내민 건 수제 초콜릿이었다.

그런데…….

"어, 아이리스 향?"

상자를 받아 든 강토가 고개를 들었다. 아이리스 스케치에

골똘하던 차라 열어 보지 않고도 알 수 있었다.

"아, 이 후각 천재… 하여간 설명할 기회를 안 줘요."

준서가 괜한 으름장을 놓았다.

"냄새 죽이는데?"

초콜릿을 개봉한 강토는 향부터 음미했다.

"죽이기는… 좀 더 진하게 올려야 하는데 실패한 거 같아."

준서가 자수를 한다.

"이게 실패면? 나는 좋기만 한데……."

다인은 만족스러운 눈치였다.

"이모님 근황은 어때?"

강토가 준서에게 물었다. 준서 어머니가 그녀와 단짝이니 준서를 통하면 모를 게 없었다.

"드라마 두 개에 예능방송 두 곳에 계약. CF도 아네모네와 대기업 광고 두 개… 암 극복 친선 대사에… 요즘 제2의 전성기시란다."

"잘됐다. 그럼 형네 어머니는?"

"우리 엄마?"

"형네 어머니는 컴백 안 해?"

"이모는 후각 때문에 은퇴한 거지만 우리 엄마는 자의로 은퇴한 거거든? 아주 달라요."

준서가 말머리를 돌린다. 흔쾌한 눈빛은 아닌 것 같아 더 묻지 않았다.

"윤강토."

저만치서 경수가 손을 흔들었다. 그러자 준서와 다인이 살짝 경계를 한다.

"이제 괜찮아."

강토가 둘을 안심시켰다. 아네모네 인턴을 계기로 강토에게 세우던 각이 무뎌진 경수였다.

"옴니스가 다 모였네?"

경수가 다가왔다.

"방학 잘 지냈냐?"

"아네모네 끝나고 이 교수님 연구 좀 도왔어."

"잘됐네."

강토가 웃었다. 짐작하던 바였다.

"교수님이 너 방송 출연할 때 가셨다던데?"

"응."

"나도 방송 봤다. 멋지더라."

"멋지긴……."

"아니야. 솔까 부럽더라. 갑자기 포텐 제대로 터진 네 모습……."

"너도 잘하잖아?"

"들어가자. 실습시간 다 됐어."

"그렇네?"

"오늘 실습은 아마 자유 창작으로 할 거 같아."

"자유 창작? 이 교수님이?"

"응."

"설마? 전에 라파엘 교수님이 그렇게 하니까 마구 비웃었던 거 같은데?"

"생각이 변하셨나 봐. 분명 그렇게 말씀하셨거든?"

대화하는 사이에 실습실이 가까워졌다.

"경수야, 어, 강토도 있네?"

문 앞에 있던 은비가 소리쳤다.

"강토 오빠다."

또 다른 여학생이 강토를 보았다. 그러자 여학생 10여 명이 강토 주위로 몰려들었다.

"오빠, 방송 나오는 거 봤어."

"너무 멋지더라."

"그 향수, 우리 시향 안 시켜 줘?"

여학생들이 재잘거린다.

"야, 이것들이 언제는 후맹이라고 찬밥 취급 하더……."

다인이 눈총을 주려 하자 준서가 막았다.

"세상은 변하는 거야. 좀 누리게 놔 둬."

준서는 옴니스의 테이블로 걸었다. 다인과 상미도 옆에 앉는다. 거기서 변한 실습실 풍경을 즐긴다. 학생들은 강토 옆에 달라붙었다. 경수와 은비 옆이 아니었다. 인턴에 대한 질문도 강토에게 쏟아진다. 몇몇 학생들은 상미에게도 온다.

옴니스의 위상이 달라진 것이다.

얼마 후에 이창길이 들어왔다. 실습실 분위기는 변했지만 그의 분위기는 변하지 않았다. 여전히 보수적이고 권위적인 분위기를 풍기며 들어선 것이다.

방학 안부는 건너뛰고 인턴의 치적에 대해 침을 튀기기 시작한다. 그 치적의 꼬리에 경수가 말한 뉴스가 실화로 이어졌다.

"이번에 여러분을 인턴으로 내보내면서 느낀 건데 후각과 더불어 창의성, 그리고 영감이 중요하다는 걸 깨달았다. 조향의 세계라는 건 후각 예술의 구현이므로 창의성이 중요하다는 사실이다. 해서 2학기, 졸업을 앞둔 여러분들이 각종 대회나 입사 시험, 테스트 등을 거치게 될 것 같아 맞춤형 실습의 일환으로 창작 향수 시간으로 시작할 생각이다."

향수 창작.

기본에 충실해야 한다던 그의 지론을 자기 입으로 깨는 순간이었다.

거기에······.

"오늘부터 3주간 실습실의 모든 향료를 개방한다. 방학 동안 새로 구매한 향료 목록을 붙여 놨으니 스터디별, 혹은 개별로 향수를 만들어도 좋다. 2학기 실습 성적은 오늘부터 3주간 세 작품의 창작 향수로 결정하고 취업 추천 등에도 반영하겠다."

"창작 향수 세 편?"

"취업 추천 반영?"

학생들이 웅성거린다. 게다가 모든 향료 개방이라는 파격 선언. 몇몇 향수는 전시용으로 자물쇠를 채워 놓고 손도 못 대게 하던 때와는 180도 변한 이창길이었다.

'아네모네······.'

강토는 바로 감을 잡았다.

아네모네의 의뢰 때문이다. 보아하니 자신이 만든 향수가 마음에 들지 않는다. 그러니 학생들의 발상 중에서 쓸 만한 아이디어를 차용하려는 것이다. 어쩌면 강토와 경수의 것을 노리는지도 몰랐다.

'흐음.'

강토가 웃었다.

아직도 그는 강토를 제대로 알지 못하고 있었다. 강토는 그가 넘볼 수 없는 곳에 있다는 걸.

*　　　　*　　　　*

"2학기 실습 성적은 창작 향수 세 편으로 결정된다는 말씀 인가요?"

"정말 아무 향료나 다 써도 되나요?"

학생들의 확인 질문이 나왔다.

"오케이."

이창길이 인증한다.

"특정한 노트나 소재의 제한도 없는 거죠?"

"물론."

한 번 더 확인하는 것으로 실습이 시작되었다.

학생들은 스터디별로 모였다. 의견이 분분하게 나온다. 스터디로 가느냐, 개별로 가느냐? 대세는 개별이 우세했다. 취업 추천 때문이었다.

조향사.

외국 기업에 취업하는 건 낙타가 바늘구멍 들어가기가 아니라 고래가 바늘구멍 들어가기였다. 국내 기업 역시 하늘에 별 따기 정도로 어렵다. 그러다 보니 신생 향 제조업체나 인지도가 있는 공방에 들어가는 것도 쉽지 않았다.

그런 업체들에는 이창길의 입김이 통했다. 조향은 다른 학과와 달리 교수 추천이라는 제도가 아직 힘을 발휘하는 분야였다.

그러자면 개별이 옳았다. 스터디별로 가면 답이 없었다.

거기까지는 큰 문제가 없었다. 그 이후가 문제였다.

향수 창작.

프로 조향사들에게도 어려운 일이었다. 하물며 아직 향료 다루는 일에 익숙하지도 않은 학생들이었다.

다행히.

한 가지는 우수한 게 있었다. 열정이 그것이었다. 어쩌면 무모함으로도 불릴 수 있는 그 단어가 학생들에게 추진력이 되었다.

일부 학생들은 자신이 익숙한 향으로 시작한다. 거기에 뭔가 한두 가지를 더해 개성을 부여하려는 스케치였다. 경수와 은비 정도 되면 조금 유리하다. 그들은 나름 향수 공부를 했다. 집 안에 작은 향수 오르간도 갖추고 있다. 더러는 유명 향수 카피도 시도해 보았다. 그 경험에 아이디어를 더하니 다른 학생들보다는 백배 유리했다.

이창길의 시선이 강토에게 향한다. 옴니스 역시 머리를 맞대고 있다.

뭘 만들까?

어떻게 만들까?

옴니스의 방향도 개별 향수 쪽이었다.

"아, 미치겠다. 생뚱맞게 웬 창작 향수? 가르친 게 뭐가 있다고?"

다인은 감정을 감추지 않는다. 많은 학생들의 심정을 대변하는 불평이었다.

"까라면 까라."

준서가 다인을 다독인다.

"윤강토, 뭐 만들 거야?"

다인이 강토에게 물었다.

"뭐 갖고 싶냐? 기왕이면 그걸로 만들어 줄게."

"진짜?"

다인이 반색을 한다.

"뭐 어차피 만들기는 해야 하잖아?"

"그럼 나는 재스민. 네가 만든 재스민 향수 꼭 가지고 싶어."

"나도."

상미가 빠질 리 없다.

"얘들이, 또 강토에게 민폐 끼치네. 빨리 시작 안 해?"

준서가 분위기를 잡아 준다. 실험 시간은 그렇게 긴 편이 아니기 때문이었다.

"강토야, 이거 어때?"

상미가 내민 건 로즈 노트를 베이스로 내세운 구성이었다. 특이하게도 그 짝꿍으로 오이 에센스를 짝지었다. 화려한 장미 향에 시원한 오이 향. 장미도 여름꽃이니 상큼한 초원 위에 만개한 장미가 떠오르는 향조였다.

"잘 살리면 독특하겠는데? 비율은?"

"히든 베이스는 오이 앱솔루트, 다들 장미를 우선하는 선입견을 박살 내 보려고."

"좋은 거 같다. 어코드만 잘 맞추면."

"히힛, 정말?"

"응, 해 봐. 안 되면 다음 주에 또 보완해서 하면 되잖아?"

"그래도 될까? 세 작품 내라잖아?"

"미완성은 오늘의 작품, 완성은 다음 주의 작품."

"말 되네? 까짓것 어차피 망친 성적, 싸부 말대로 간다."

상미가 향료를 찾아 일어섰다.

다인은 우디 향을 베이스로 하는 향조로 갔다. 다들 꽃으로 가니 나무로 간다는 발상이었다. 준서는 우직하게 식향이 가능한 쪽으로 간다. 이창길의 주문과는 상관없이 쇼콜라티에의 길을 가는 것이다.

'재스민이라⋯⋯.'

강토가 고개를 들었다. 향료 선반에 불이 난다. 상당수의 학생들은 로즈나 재스민 노트에 꽂혔다. 가장 많이 듣고 다뤄 본 까닭이었다. 하지만 흔하다고 만만한 건 아니었다. 로즈나 재스민은 쉽지 않다. 그렇기에 21세기에 들어서도 여전히 모든 조향사들의 관심이자 초월을 꿈꾸게 만드는 노트에게 밀려 나지 않고 있었다.

선반 쪽이 조금 한가해지자 강토가 일어섰다. 선반 앞에 서서 새로 들어온 목록표를 본다. 기본 구성들이 늘어나 있었다.

「헬리오트로프」

반가운 향 분자를 만났다. 아네모네에서 보았지만 학교에는 없던 향. 이 향은 파우더리한 특징을 가지고 있었다. 눈을 감은 채 다른 향료를 찾아본다.

'화이트 머스크……'

이 또한 학교에는 처음 입고된 향이었다.

이 향도 파우더리한 느낌을 살릴 수 있다. 파우더리가 이어지니 자연 쿠마린으로 후각이 기울었다. 사실 파우더리, 하면 쿠마린이라고 할 수 있다.

머스크류의 분자량은 대개 250 언저리에 집중된다. 화학적으로는 16에서 18개의 탄소 원자를 달고 있다. 형태는 토실토실한 것으로 묘사된다.

그 기원은 동물이었다. 디테일하게 말하자면 주로 엉덩이 쪽이다. 그렇기 때문에 꼬릿하고 향기롭지 못한 향을 상상할 수 있다.

하지만 머스크들은 대개 밋밋하면서 무자극적이다. 이들은 향료에 들어가 잡내를 청소하는 한편, 각각의 향조에 생동감을 더한다. 세탁 세제처럼 컬러 옷은 생생하게, 흰옷을 더 청결하게 한다는 뜻이다. 그런 까닭에 실제로 세탁 세제에도 합성 머스크가 들어간다. 향수와 다른 점은 단지 저렴한 머스크가 쓰인다는 것뿐이다.

머스크는 향수에 있어 필수적인 노트에 속한다. 그중에서도 손에 꼽히는 것이 바로 머스크 암브레트다. 조향사들이 꿈꾸는 가장 이상적인 파우더리 효과를 내기 때문이다.

머스크 암브레트가 아니면 여러 종류를 합쳐 같은 효과를 볼 수 있다. 그렇기에 향수에 따라서는 다섯 종류나 되는 머스크가 단체로 들어가는 경우도 있었다.

일단 재스민부터 집어 들었다.

향은 저급하다. 게다가 첨가물까지 느껴진다. 업자들은 종종 이런 농간을 부린다. 그 대상이 학생들이거나 호기심에 향수 한번 만들어 보려는 사람들에게 파는 원료라면 그 가능성이 더 높아진다.

다음으로 다마스크 로즈를 집었다. 변조제의 역할은 미모사를 택했다.

미모사
재스민
다마스크 로즈
헬리오트로프
화이트 머스크
타바코

여섯 개를 굳이 피라미드 공식에 맞췄다. 실습에는 보고서가 따르기 때문이었다.

「톱노트―미모사」
「하트노트―재스민, 다마스크 로즈, 헬리오트로프」
「베이스노트―화이트 머스크, 타바코」

톱노트가 미모사다. 시작부터 포근한 가루 질감의 파우더리였다. 헬리오트로프는 플로럴에 속한다. 아몬드 향과 바닐라 향을 뿜뿜 하시는 파우더리 향이다. 베이스노트에 버티고 있는 화이트 머스크 역시 파우더리를 위해 선택되었다. 마지막에 고른 타바코는 인상적인 악센트를 위한 결정이었다.

대략의 비율은 2 대 5 대 3으로 정했다. 그러나 하트노트 안에서는 재스민을 6으로 정했다. 이 향수의 진정한 하트노트가 재스민이라는 확인이었다.

전자저울에 더불어 플라스크를 갖추고 식물성 에탄올에 정제수도 준비했다. 다른 학생들은 보습에 발색제까지 구색을 갖추지만 강토에게는 의미가 없었다. 진짜 조향사는 향수로 승부한다. 색깔 따위로 유혹하지 않는 법이다.

준비를 갖추고 상미를 돌아본다.

그녀도 레디 상태였다. 굉장한 몰입이다. 1학기 때와는 아주 다르게 보였으니 자신의 실험을 하고 있었다. 스터디의 보조를 하던 때와는 완전하게 달랐다.

배상미.

그녀도 그라스에서 그녀만의 블랑쉬를 만난 걸까? 그건 잘 모르지만 5월의 강토처럼 엄청난 변화가 있는 것만은 분명해 보였다.

이창길도 조금 변했다. 늘 남경수와 은비를 끼고돌던 편애가 멈춘 것이다. 그의 시선은 종종 강토에게 머물렀다.

강토는.

전혀 신경 쓰지 않았다.

퐁.

화이트 머스크가 1번으로 들어갔다. 타바코는 그다음이다. 여기서 차례를 비틀었다. 대개는 마지막에 넣는 톱노트를 투하한 것이다. 이어 헬리오트로프를 넣고 로즈를 적하했다. 마지막 남은 건 재스민이었다. 그 상태에서 플라스크를 건드려 향 분자를 확인했다.

향들은 이미 연주를 시작했다. 연주의 울림으로 재스민의 양을 가늠하는 것이다. 하트노트의 50% 비율을 생각했지만 얽매이지 않았다. 원래 생각한 것보다 30%가량을 더 넣었다. 재스민의 퀄리티가 떨어지는 까닭이었다. 그렇게 하고서야 어코드가 안정되었다.

정제수를 채운 후에 그냥 두었다. 만약 유향, 즉 올리바넘이 있었다면 화이트 머스크 대신 들어갔을 것이다. 하지만 이 향료들 수준에서는 화이트 머스크도 나쁘지 않았다.

착향제를 비롯해 자외선차단제, 변색방지제, 심지어는 보습제도 넣지 않았다. 그런 게 있어야 향수를 만들 수 있는 건 아니었다.

"강토야."

상미가 블로터를 내밀었다. 마침내 자신의 향수를 만든 그녀였다.

"좋은데?"

강토가 호평을 했다.

"정말?"

"응."

"에이, 그러지 말고… 부족한 점 좀 말해 줘."

"그럼 기왕 뒤집은 김에 오이 앱솔루트 좀 더 넣어. 한 5 정도?"

"알았어."

상미는 강토 의견에 토를 달지 않았다.

"강토 오빠, 나도……."

우비강의 희애도 블로터를 내민다. 오늘은 퍼퓸펜타의 승애도 줄을 섰다. 방송의 위력이었다. 거기서 전문가 제이미와 오연지의 공개 인정을 받은 강토이기 때문이었다.

"자, 다들 마무리."

실습시간이 끝나 가자 이창길이 주의를 환기시켰다.

"와아아."

강토 향을 시향 한 다인이 자지러진다. 재스민 향이 더없이 파우더리했다. 그 끝에 딸려 오는 달달한 타바코 향도 세련되기 그지없다. 학교 실습실 향료로도 기막힌 향의 밸런스를 이룬 것이다.

"이거 진짜 나 주는 거야?"

"그럼. 약속이니까 세 개 가져라."

"와아, 인생 향수 또 득템."

"그런데 너무 오래 두면 안 돼. 에탄올이 적당히 숙성하면 바로 사용해. 상미도 하나, 준서 형도 하나."

"땡큐, 그런데 제목은?"

향수를 받아 든 상미가 물었다.

"재스민과 파우더리의 허그?"

"그것보다 이게 어때? 포그니에 안긴 재스민."

"좋은데?"

강토 귀가 쫑긋 세워졌다. 역시 시향기에는 일가견이 있는 상미였다.

강토의 향수는 10㎖ 열 병이었다.

이창길에게 한 병을 제출하니 남은 건 네 병이었다.

"윤강토."

경수가 다가왔다.

"내 것 좀 시향 해 줄래?"

그가 블로터를 내밀었다. 다른 스터디들의 눈이 휘둥그레진다. 지금까지와는 다른 풍경이 벌어진 것이다. 강토는 군말 없이 시향에 들어갔다.

"머스크 대신 이소부틸 퀴놀린?"

강토가 경수를 바라보았다.

"인턴 때 오 팀장님이 알려 줬는데 머스크 대용으로 그만이라고 해서. 내가 맡아 보니까 나쁘지 않던데?"

"로즈를 제대로 살렸는데?"

강토가 웃었다.

"진짜?"

"응, 어코드가 아주 안정적이야."

"와우."

경수가 쾌재를 불렀다. 그 또한 다른 학생들에게는 낯선 풍경이 아닐 수 없었다.

"네 향수 하나만 주라. 벤치마킹 좀 하게."

경수가 손을 내민다. 전처럼 비꼬는 투는 아니었다.

"그래."

기꺼이 하나를 내주었다.

"오빠, 나도."

이번에는 우비강의 희애다. 남은 향수는 원하는 순서대로 나눠 주었다.

"자자, 다들 이름 붙여서 제출하도록."

이창길이 종료를 알렸다.

일부는 완성되지 않은 것을 제출했지만 상당수는 '어쨌든' 작품을 내놓았다. 이창길이 시향에 들어간다. 기본이 되지 않은 것들은 그 자리에서 열외를 시킨다. 강토와 경수, 은비와 승애의 향수가 통과 대오에 합류했다. 1학기처럼 강토 향수에 토도 달지 않았다.

아니.

오히려 감상하는 시간이 길었다.

이창길의 미간이 살짝 떨리더니 멈춰 버렸다. 우수하지만 놀랄 정도는 아니었다. 상관없었다. 강토의 의도였다. 이창길에게 영감의 단초를 제공할 생각은 처음부터 없었다.

다인과 준서의 것도 통과다.

그리고…….

마지막으로 상미의 향수가 블로터에 뿌려졌다.

치잇.

열혈 소녀 상미가 바짝 얼어붙는다. 어쩌면 별것도 아닌 실습의 한 과정. 그러나 그녀에게는 굉장히 중요했다. 여름방학 동안의 분투가 저 향수에 깃든 것이다.

"……?"

시향 하던 이창길 고개가 갸웃 돌아간다. 향수병의 이름을 확인하더니 통과 대열에 끼워 놓았다. 다른 때 같으면 바로 폐기 대열에 들어갔을 상미의 향수… 강토가 살짝 거들었다지만 그건 문제가 될 수 없었다.

"강토야……."

상미 눈동자에 맑은 정제수 같은 눈물이 깃든다.

다른 학생들에게는 그저 평범할 일.

그 평범조차.

상미에게는 못 견딜 동경이었던 평범으로의 승격이 엄청난

감격과 자신감이 된 것이다.

"축하해."

강토가 찡긋 윙크를 날렸다.

"언니도 격하게 축하한다."

다다닥닥다닥.

다인 역시 상미의 등짝에 폭풍 난타를 날리며 애정을 과시했다. 오늘의 주인공은 누가 뭐래도 상미였다.

*　　　　*　　　　*

"아아앙."

실습이 끝나자 상미가 울음을 터뜨리며 고개를 묻었다.

"상미야……."

다인이 다가가 그녀를 위로했다.

"좋은 일인데 왜 우냐?"

"좋으니까 울지."

"그럼 같이 울어 줄까?"

"아니, 그건 싫어."

상미가 눈물을 훔치며 상체를 들었다.

"오, 의외로 약한 구석이 있는데?"

준서가 슬쩍 놀려 먹었다.

"처음이잖아? 이 교수님 시간에 실습 향수가 통과한 거."

상미가 눈물을 닦으며 웃었다.

강토가 잠시 팩트 체크에 들어간다. 여러 번 말했지만 이창길은 편애의 기질이 다분했다. 특히 우비강과 옴니스에게 그랬다. 그중에서도 옴니스였다.

수업을 잘 따라오는 학생 중심이었으니 모두를 껴안고 가는 라파엘과는 아주 달랐다. 그렇기에 옴니스의 실습물들은 폐기물에 버려지는 경우가 대다수였다.

그래도 씩씩하던 상미. 알고 보니 마음속으로는 상처가 깊었던 모양이었다.

그러던 차에 오늘이 온 것이다. 저 깐깐한 이창길 교수가 세운 기준을 넘어서는 쾌거. 그렇기에 상미는 마치 올림픽 동메달이라도 딴 것 같은 느낌인 모양이었다.

보통 사람.

보통 후각.

그걸 갖춘 사람은 모른다.

그걸 꿈꾸는 사람이 있다는 걸.

강토는 그녀 마음을 알았으니 따뜻한 눈길로 바라볼 뿐이었다.

"그럼 내일 보자."

상미가 수습되자 강토가 먼저 일어섰다. 라파엘 교수를 만나야 했다.

강의실 복도를 걷는다. 공대 학생들이 쏟아져 나온다. 실험실 보드에 쓰인 내용이 눈에 들어온다. 절반쯤 지워 버린 '이중결합'과 '풀러렌'이었다.

이중결합은 분자 띠 파트다. 강토는 분자의 이름만으로도 몇 겹 분자 띠를 가졌는지 감이 온다.

'ane로 끝나면 한 겹, ene로 끝나면 두 겹, yne로 끝나면 삼겹살 삼겹 띠……'

—한 겹 공유결합과 두 겹 공유결합은 서로 다른 냄새를 갖는다.

관련 분자가 스쳐 간다. 헥사날이다. 아네모네의 원료실에서 분자 냄새를 맡았다. 이 친구가 단일결합일 때는 표백제 냄새가 되지만 이중결합을 이루면 아몬드 냄새 뿜뿜이다.

보드의 끝에는 풀러렌이 나와 있다.

풀러렌은 불가사의한 분자의 대표 선수다. 신기하게도 그 안에 다른 분자를 넣을 공간을 가지고 있는 것이다. 실제로 다른 분자를 넣어도 공간의 외관은 변하지 않는다.

단일결합을 이중결합으로 코팅…….

풀러렌처럼 향 분자 안에 또 다른 향 분자를 넣어, 혹은 대립과 화음의 성질을 이용해 샤넬 NO.5의 홀짝 알데히드처럼 차례를 두고 발산하게 하면……?

예를 들면 샌들우드와 클로브가 그렇다. 두 노트는 서로 대립하며 시트러스의 효과를 높인다.

틱톡틱톡틱톡…….

시트러스―플로랄, 프루티―스파이시, 우디―발사믹……

틱톡틱톡.

재미난 상상을 하며 라파엘 연구소 앞에 도착했다.

"윤강토."

책상에 있던 라파엘이 강토를 반겼다.

"안녕하셨습니까?"

"매우 안녕하지. 앉게."

라파엘이 자리를 권했다.

"골동 향수들이군요? 옛날 향료도 있고요?"

강토가 테이블을 바라보았다. 세월의 때가 덕지덕지 묻은 것들이 한가득이었다.

"프랑스에 들렀다가 오는 길에 터키에서 러시아, 중국과 태국의 골동품 상점을 다 돌았네."

"마음에 드는 물건을 찾으셨나요?"

"이거 어떤가?"

그가 옛날 향수 하나를 내밀었다.

강토가 열어 보니 엷은 우디 향에 달달한 냄새가 따라 나왔다.

"좋은데요?"

강토가 고개를 들었다. 향이 가라앉기는 했지만 그래서 오히려 거목처럼 묵직한 울림이 있었다.

"바로 아는군. 그게 바로 크레페 드 신이라네."

"크레페 드 신요?"

"무려 1920년대의 향수. 태국의 카오산로드에 굴러다니는 걸 득템했지. 단돈 100달러에 말일세."

라파엘 어깨에 뿌듯함이 가득하다. 골동 향수에 인생을 건 이 사람. 이렇게 순박한 모습이 있어 강토의 존경을 받았다.

"다른 것도 구경해도 될까요?"

"물론이지. 자네라면."

라파엘이 테이블을 가리켰다. 골동품 향수부터 체크에 들어간다. 라파엘은 1920년대의 향수에 열광하고 있지만 강토가 찾는 건 그로부터 100년은 과거로 올라가야 했다.

아쉽게도 블랑쉬의 흔적은 없었다. 그 눈치를 아는지 라파엘도 확인을 해 주었다.

"블랑쉬 로베르 말일세, 그 사람의 흔적은 찾지 못했네."

"그러셨군요."

가벼운 웃음으로 넘겼다. 그 대신 굉장한 망고 냄새를 만났다. 골동 향수가 아니라 새로운 합성 분자였다.

"어떤 계열인지 알겠나?"

라파엘이 물었다.

"끈적거리는 땀 냄새와 쾌활하게 농익은 망고 향이네요. 하지만 천연 향은 아닌 것 같습니다."

"역시 움직이는 기체색층분석기야. 산소와 황으로 빚어낸

망고 향이라네."

"그럼 옥세인이로군요?"

"빙고."

라파엘이 무릎을 친다.

강토가 재시향에 나선다. 후각을 디테일하게 들이대니 향이 조금 더 풍후해졌다. 얼핏 맡으면 망고 향이지만 열대 과일 세트를 끌어안은 느낌이었다. 게다가 이 향은 잠시도 쉬지 않는 댄서처럼 쾌활하고 힘찼다.

「활기차게—콘 브리오」

신나는 드럼처럼 분위기를 업시키는 것이다.

"이 냄새도 맡아 봤나? 아마 자네 관심을 끌 것 같은데?"

라파엘이 다른 병을 건네주었다.

송진 추출향 오시롤이다. 향이 너무 조신하다. 나쁘지 않지만 그렇게 매력적이지는 않았다.

"그 향의 매력은 온기라네. 몸을 움직이거나 온수, 온도가 높아지면 어둠을 밀고 나오는 햇살처럼 퍼져 나가지."

"네……."

강토 귀가 번쩍 뜨인다. 옥잠화와는 반대의 성향이었다.

"마음에 들면 조금씩 덜어 가게나. 내 지인이 선물로 준 것이니."

"그래도 될까요?"

"그럼. 나보다는 자네가 더 많은 향수를 만들 것 아닌가?"

"실은 그런 부탁이 있어서 겸사겸사 들렀습니다."

"부탁?"

"지난번에 보니까 아이리스 향료가 있었던 것 같아서요."

"몇 개 있지. 프랑스에서 올 때 가져왔던 거하고……."

"한 번 더 볼 수 있을까요?"

"흐음, 이번에는 또 누굴 살리려는 건가?"

손윤희의 일을 기억하는 라파엘이 웃었다.

"실은 아네모네에서 인턴을 했잖습니까?"

"그랬지. 아, 자네가 살린 연예인의 방송에도 출연했다면서? 아침에 교수 회의에서 조교에게 들었네만."

"그 회사에서 샘플 향수를 하나 주문받았습니다."

"아네모네에서?"

"예."

"오호, 그 사람들, 사람 볼 줄 아는군?"

"그런데 그게 한국 시판용으로 쓸 샘플이 아니고 유럽 진출의 교두보를 마련하기 위한 작업이랍니다."

"그렇다면 자네에게는 더없는 기회로군."

"해서 이런저런 궁리를 하다가 아이리스를 하트로 세워 보기로 했습니다."

"아이리스?"

라파엘의 미간이 구겨졌다. 우려의 표명 같았다.

"아이리스라면 유럽에서도 명품 대열에 들 만한 명작이 드

문데? 차라리 다른 노트를 택하는 게 어떤가? 투베로즈라든
지 아니면 백합이나 샤프란 같은 것으로?"

"어차피 도전하는 것이니 조금 어려운 길로 가는 게 좋지
않을까 싶어서요."

"자세가 좋군. 하긴 자네의 센스와 후각이라면 아이리스의
시대를 열어 놓을지도 모르지. 겔랑이 만든 아이리스의 걸작
'시프레'처럼 말이야."

"열심히 해 보겠습니다."

"그런데… 우리 이창길 교수님도 봄에 그런 오더를 받았던
것 같던데?"

"그렇다고 들었습니다."

"하지만 자네 말은 없었고……."

"저한테도 의뢰가 왔다고 하면 교수님 기분이 상하실까 봐
아네모네 측에 비밀로 해 달라고 했습니다."

"……!"

거기서 라파엘의 시선이 튀었다.

윤강토.

후맹에 가까운 핸디캡을 넘어선 학생이었다. 그 이후로 폭
풍 발전을 보이며 초광속 포텐을 터뜨리고 있다. 원래도 배려
심 강한 학생이었다. 그런데 이제 보니 인성도 굉장히 향기로
웠다.

"나도 비밀로 해야겠군?"

강토 마음을 알아챈 라파엘이 웃었다.

"죄송합니다."

"아니야. 그럼 따라오게. 자네는 골동품 향수보다 골동품으로 남을 향수를 만들어야 할 사람이니까."

라파엘이 일어섰다.

딸깍.

불이 켜지자 라파엘의 조향 오르간이 고스란히 드러났다. 강토가 바로 후각을 동원한다. 아이리스의 위치를 찾는 것이다. 그리고 자동으로 발길이 옮겨 갔다.

"이런, 주인인 나보다도 더 빨리 향을 찾아내는군."

라파엘이 아이리스 콘센트레이트 세 개를 꺼내 놓았다. 샤넬에 쓰인 플레렌틴 아이리스도 있고 아이리스 팔라다도 있었다.

"잠깐만."

콘센트레이트 향을 맡을 때 라파엘이 돌아섰다. 저장고의 문을 열더니 안 쪽에서 두 개의 병을 꺼내 놓았다. 순간 강토 코가 벼락처럼 반응했다.

그 역시 아이리스였다.

그러나 강토 후각을 흔들었으니 또 다른 퀄리티의 아이리스가 나온 것이다.

"피렌체 아이리스라네."

라파엘의 설명이 부드럽다. 향 분자는 그보다 더 파우더리했다. 더 이상의 설명은 필요 없다. 피렌체의 아이리스라면 블랑쉬가 더 잘 알고 있었다. 많이도 다뤄 본 까닭이었다.

무지개.

피렌체 아이리스 향을 맡으니 무지개가 연상되었다. 아이리스는 신들의 정령, 하늘을 오갈 때 무지개를 타고 다닌다. 그렇기에 꽃의 도시로 불리는 피렌체에서도 아이리스가 대표 주자였다. 질 좋은 뿌리로 만든 오리스는 무지개 향이 난다. 흙 냄새를 시작으로 포도 향, 세이지, 사이프러스, 타임, 민트, 바질의 향이 깃든 것이다.

그러나 피렌체 아이리스는 어마어마한 고가다. 6년의 세월이 걸리는 이 향 분자는 1리터의 앱솔루트를 만드는 데 40톤의 뿌리가 들어간다. 4톤이 아니고 40톤이다. 그러니 비싸지 않을 도리가 없었다.

그렇기에 이 향을 원료로 쓰는 향수 회사는 많지 않았다.

치잇.

넋을 놓는 사이에 라파엘이 향수를 분출했다. 말도 없이 세라믹 블로터를 건네준다. 아이리스 향이었다. 신선한 느낌은 별로 없지만 향은 기가 막혔다.

"25년쯤 전에 구한 걸세. 나는 아이리스 향이 별로지만 자네에게는 도움이 되겠군."

라파엘의 설명은 여전히 친절했다.

아이리스 향 분자를 한 줄로 놓고 감상을 했다. 아이리스 향 분자들이 어깨를 겨루며 자기소개를 한다. 향 분자는 조향사를 알아본다. 강토 생각은 그랬다.

"피렌체 아이리스 말이야, 필요하면 조금 덜어 가도 좋네."

라파엘이 병을 건네주었다.

"아니, 괜찮습니다. 향 파악은 끝났는걸요."

"샘플 향수를 만들 거라면서?"

"그래서요. 최고의 재료로 만들면 유럽 회사들이 관심을 보일까요? 그래서 참고만 하고 실제로는 사이클로헥센의 유도체로 만든 합성 아이리스 향을 쓰려고요."

"……!"

라파엘이 다시 경악했다. 그건 팩트였다. 초고가의 재료가 들어가는 향수는 대중성이 없었다. 듣보잡으로 평가되는 동양의 화장품 회사가 초고가의 원료를 동원해 허세형 향수를 만들었다? 자칫하면 비웃음만 살 확률이 높았다.

방학 동안 대체 얼마나 업그레이드가 된 걸까? 강토는 이제 향수 회사들의 속성까지 꿰고 있었다.

"표정을 보니 밑그림은 그려진 모양이군?"

"조금요."

"합성 아이리스로 피렌체 아이리스 향에 도전인가?"

"네."

"성공하면 굉장한 반응이 나오겠군. 방학 동안 만든 향은 없나?"

"방송국에 나갈 때 만들었던 월하향을 가져왔습니다."

강토가 향수 한 병을 꺼내 놓았다.

"시향을 해도 될까?"

"물론이죠."

강토가 향을 블로터에 뿌렸다.

"오."

라파엘의 눈동자가 한쪽으로 쏠린다.

"월하향의 부드러움을 최고조로 살려 놓았군. 융단을 쓰다듬는 듯 부드럽고 달콤한 파우더리가 아닌가?"

"교수님이 장학금을 주신 덕분입니다. 그 돈으로 에센스와 콘센트레이트를 많이 샀거든요."

"진짜 그렇다면 지금까지 지급한 장학금 중에서 가장 값진 돈일 것 같네."

"향에서 부족한 점은 없나요?"

"좋은 향에 토를 달 실력까지는 없어."

"감사합니다."

"내 생각인데, 아네모네의 오더에 이걸 보내도 상관없을 것 같은데? 파우더리함이 범상치 않아."

"아닙니다. 그 향수는 아네모네의 팀장님도 보신 데다가 다른 사람의 주문에 맞춰 만든 것을 낸다는 건 옳지 않다고 봅니다. 또 향수란, 많이 만들고 도전해 볼수록 좋은 향수가 나온다고 교수님이 말씀하셨고요."

"내 실수였네. 자네 말이 맞아."

"그럼 향수가 나오면 다시 찾아오겠습니다."

"기대하고 있겠네."

옥세인에 더불어 오시롤까지 받아 들고 연구소를 나왔다.

그 강의실 보드는 아직도 지워지지 않았다. 이중결합 단어 앞에서 다시 멈췄다. 두 향료를 바라본다. 오시롤을 바라본다. 라파엘의 말이 떠올랐다. 냄새가 궁금해 견딜 수 없었다.

실험실 안으로 들어가 온수를 뜨겁게 틀었다. 주변 온도가 확 올라갔다.

정말 햇살이 떠오를까?

온수의 수증기 위에 오시롤을 뿌렸다.

"와우."

강토가 감탄사를 토했다. 오시롤 분자들이 햇살이 되어 피어올랐다. 그리고, 수증기가 사라지면서 주변 온도가 내려가자 차분하게 빛을 거두었다. 정말이지 색다른 매력이 아닐 수 없었다.

오시롤.

햇살 같은 분자가.

강토 가슴에 영감이 되었다.

제3장

—

반가운 변심

한 주일 내내 오시롤과 함께 놀았다. 피부에도 바르고 차에도 넣었다. 피부에 바르면 햇살이 닿는 것 같다. 순식간에 확산되는 것이다.

스케치에 동원했던 향들도 하나하나 체크를 했다. 이건 블랑쉬가 누리지 못하던 특권이었다. 불행하게도 그는 향수 머신이었다. 자고 나면 정유를 만들어야 했고 또 자고 나면 향수를 만들어야 했다. 어쩌다 새로운 향수라도 나오면 알랑은 더욱 독촉을 했다.

"더 좋게 만들어 내도록."

그는 한마디만 하면 되었다. 나머지는 모두 블랑쉬의 몫이었다.

하지만.

강토는 다르다. 블랑쉬 덕분에 향수 머신은 되지 않아도 되었다.

아이리스 향수를 만드는 일은 서두르지 않았다. 어쩌면 하룻밤에도 끝낼 수 있었지만 즐기기로 했다. 블랑쉬도 그걸 바랄 것 같았다.

한 주가 지나면서 이창길의 실습시간이 돌아왔다.

실습실에 들어선 그는 굉장히 격앙되어 있었다.

"지난 시간 창작 향수의 검토를 마쳤다."

첫마디부터 짜증이 섞여 나왔다.

"너희들 말이야, 세상이 그렇게 만만한 줄 알아? 하나하나 포뮬러를 뜯어봤더니 향수에 고민한 흔적이 전혀 없잖아?"

샤우팅에 각이 선다. 학생들은 숨을 죽일 수밖에 없었다.

"뭐든 창작을 할 때는 심오한 고민이 필요하다. 한 번 생각하고 두 번 생각하고……."

"……."

"이런 실력으로 어디에 원서를 낼까? 어느 회사에 추천을 해줄까? 여러분이 나라면."

"……."

"지난 한 주 동안 고민 좀 했을 테니 오늘은 기대해 보겠다."

이창길의 폭풍 잔소리가 끝났다.

"아, 씨… 분위기 깨네. 뭐 좀 가르쳐 주고 창작을 하라고 해야지."

다인은 여전히 불만이다. 준서가 그 어깨를 토닥거리며 실험 준비에 돌입한다.

"강토야, 이거 어때?"

상미가 포뮬러 하나를 내밀었다. 지난 시간에 이어 오늘도 고무된 상미였다.

「뮤게, 산사나무, 바닐라, 헬리오트로프, 알데히드, 페루발삼, 샌들우드……」

"중성 어코드?"

강토가 물었다.

"응."

상미가 고개를 끄덕인다. 호기심 가득한 아이처럼 밝은 표정이다. 일주일 동안 진짜 공부 많이 한 모양이었다.

"그럼 타바코나 아세토페논 살짝 가미하는 게 어떨까? 겨울 어코드를 더 포근하고 따뜻하게 만들 거 같은데?"

"맞다. 타바코. 고민하다가 지워 버린 노트야."

"으음, 이러다 상미가 1등 하는 거 아니야?"

"그럴 리가. 난 꼴등 해도 좋아. 실습시간이 너무 좋아진걸."

상미가 시약 선반으로 향한다.

강토도 그 선반을 바라본다.

'뭘 만들어 볼까?'

상미가 겨울로 달리니 강토도 보조를 맞춰 보기로 했다.

「미모사, 바닐라, 통사빈, 헬리오트로프, 클레마티스, 그리고 아이리스」

여기서는 아이리스를 베이스노트로 삼았다.

전체적인 스케치는 파우더리 but 파우더리다. 파우더리한 노트를 한곳으로 몰아 역시 파우더리한 아이리스로 갈무리를 하는 것이다.

클레마티스를 찜한 건 바닐라와 헬리오트로프 때문이었다. 이 효과를 이용하면 향 분자의 개성을 살릴 수 있다. 가만히 귀 기울이면 향 분자들의 합창을 제대로 들을 수 있는 것이다.

이날은 F5가 제대로 주목을 받았다. 경수를 비롯해 은비와 양을기 등이 괜찮은 향수를 만들어 낸 것이다. F5의 명성에 걸맞게 스터디를 빡세게 한 모양이었다.

그렇다고 옴니스 이상은 아니었다. 강토의 향수는 오늘도 준수했고 강토가 포인트를 넣어 준 다인과 준서의 향수도 만만치 않았다.

그런데.

오늘의 진짜 스타는 상미였다. 그녀의 향을 시향 한 우비강과 프란시스의 리더들이 입을 쩌억 벌린 것이다. 그들은 강토네 스터디와 이웃하고 있다. 강토와 상의하는 건 알지만 그 향수의 주제가 상미의 구상이라는 걸 알고 있다. 게다가 이제는 향료를 다루는 것부터 피펫팅까지 익숙해 보인다. 지난번의 성과가 우연이 아니라는 걸 입증한 것이다.

물론 학생들 기준이었다.

"⋯⋯!"

작품 시향에 나선 이창길의 미간에는 오늘도 저기압이 떴다. F5가 선방했지만 그의 구미에는 안 맞는 모양이었다. 옴니스 차례에서도 그랬다. 뭐라고 흠잡을 수 없는 강토의 향수. 여름방학 이후로 후약의 취약점을 완전히 벗어난 상미의 향수. 나아가 비교적 안정적인 어코드를 구현한 다인과 준서⋯⋯.

상미의 향수는 오늘도 합격점을 받았다.

"아직도 다들 밋밋해."

이창길의 총평이었다.

"윤강토."

이창길이 강토를 호명했다.

"예."

"연예인 목숨 구하고 방송 출연까지 했다면서 이거밖에 안 되나?"

이창길이 돌직구를 날려 왔다.

"열심히 한 겁니다만."

"열심히?"

"파우더리의 특징을 몰아 봤거든요."

"향은 안정적이야. 하지만 감동이 없어."

그래서요?

강토 혼자 말했다.

"그리고 남경수."

"네?"

이번에는 경수가 호명을 받았다.

"여름방학에 공부 많이 했다더니 고작 이건가? 자넨 외국으로 향료 배우러 갈 거잖아?"

"예……."

"오늘 어코드는 괜찮지만 너무 평이해. 아이디어는 쓸수록 느는 거니까 다음 주까지 고민 좀 해 봐."

"예."

"다들 명심해. 이런 향으로 누구의 눈길을 끌겠나? 그나마 배상미의 분전이 뜻밖이네. 후약인 배상미가 이 정도면 다른 사람들은 더 주목받을 만한 작품이 나와 줘야 하는 거 아니야?"

"……."

"오늘은 내가 바빠서 여기까지 하는데 오늘까지는 경험으로 삼고 다음 주의 마지막 작품은 결정판으로 만들어 보도록. 졸업 작품이라고 생각하고 말이야."

이창길은 찬바람을 남기고 사라졌다.

"오, 웬일이냐? 이 교수님이 우리 상미 칭찬을 다 하고?"

다인이 상미를 바라보았다.

"칭찬은 무슨……."

상미가 얼굴을 붉힌다.

"자, 그럼 나는 작은아버지 병원에 알바 할 게 있어서 먼저 간다. 향수는 너희가 나눠 가져."

강토가 먼저 실습복을 벗었다. 상미 칭찬은 미소로 대신했다. 그녀는 이제 거의 평범이었다. 지나치게 챙기는 것도 부작용이 될 수 있었다.

"강토야."

복도 끝에 다다랐을 때 경수 목소리가 들렸다.

"왜?"

"바쁘구나?"

"알바 있어서."

"조향 알바?"

"조향은 아니고 후각 알바."

"참, 너도 알지? 이번에 스위스 지보단 트레이니 말이야. 우리 과에서 한 명 추천될 거 같다는 거."

"알지."

강토가 답했다.

지보단.

두말이 필요 없는 막강 향료 회사다. 트레이너로 불리는 견습생 역시 정기 선발을 하지 않는다. 그러다 때가 되면 소수 인원을 뽑는다. 그렇기에 다른 향수 학교에 비해 경쟁이 치열했다.

경수는 일찌감치 내정(?)이 되어 있었다. 1학기까지는 그가 가장 월등했고 학과를 장악한 이창길의 지지를 받기 때문이었다. 물론 라파엘도 큰 이론(異論)이 없었다. 1학기까지는.

"이 교수님이 나한테 그러더라? 이번 창작 실습이 트레이너 결정에 중요하니까 잘하라고."

"그럼 열심히 하지 왜?"

"1학기까지야 너한테 말해도 상관없었을 테지만 지금은 사정이 다르잖아."

"뭐가?"

"아무튼 그래서 미리 알려 주는 거야. 너도 지보단 갈 생각 있으면 다음 창작 더 신경 쓰라고. 말 안 하면 내가 껄끄러워서."

"그럼 애들 앞에서 공개해야지."

"응?"

"안 그러냐? 지보단 트레이너, 모든 애들이 다 관심 있을 텐데……."

"그건 그렇네. 하지만 이 교수님이……."

"솔직히 말하면 난 지보단 안 가. 그러니까 은비한테 말해서 과 단톡방에 공지로 때려 주면 좋겠다. 그래야 공평한 거 아니냐? 뭐 어차피 네 실력 넘보기는 어렵겠지만."

"……."

"간다. 그리고 고마워. 생각해 줘서."

강토가 돌아섰다.

지하철에 올랐을 때 상미가 카톡을 보내왔다.

[과 공지 봤어?]

[응.]

[다음 주 제대로 해라. 아니면 누나가 그냥 안 둔다.]

[언제는 싸부라며?]

[그건 그거고 이건 이거. 딱 한 명만 가야 한다면 당연히 너야.]

[네가 한번 분투해 봐. 누가 아냐? 대반전 나올지.]

[언-감-생-심!!!]

[아무튼 알았음.]

대화를 끝냈다.

강토 입가에 미소가 스쳐 갔다. 경수의 행동 때문이었다.

어쨌든 다음 주.

이창길 교수의 실습시간에 애들 머리 좀 터질 것 같았다.

사람은 확실한 동기부여가 될 때 변할 수 있으니까.

"자, 혈청 샘플하고 네가 부탁한 환자복들. 세탁 전이라 비위생적일 수 있으니까 폴리 글러브는 필수."

SS병원에 도착하자 작은아버지가 상자를 내주었다. 그 옆에는 송 과장과 간호사가 보였다.

"더 필요한 건?"

송 과장이 묻는다.

"암 환자들 혈청은 다양한가요?"

"그럼. 위·대장·폐·유방·간의 5대 암에 췌장암, 뇌종양 등의 다섯 가지 암을 더 붙였다."

"페리하고 셰리는요?"

"지금쯤 도착했을 거다."

송 과장이 시계를 돌아보는 사이에 상담실 문이 열렸다.

왈왈.

강토를 본 두 비글이 반갑게 달려들었다.

"쉬잇."

강토가 두 개에게 주의를 주었다. 병원이다. 더구나 암 환자 조기 발견의 막중 임무를 위해 뭉친 1인 2견이었다.

끼잉.

비글들은 섭섭한 표정을 하며 꼬리를 내렸다.

페리와 셰리.

그 사이에 많이도 컸다.

"시간은 얼마나 주면 되지?"

송 과장이 강토를 바라보았다.

"시간보다 알바비 먼저 줘야 하는 거 아니야? 우리 강토 유명 인사인데⋯⋯."

작은아버지 목에 힘이 들어갔다.

"알바비 걱정은 마셔⋯ 연구 팀에서 100만 원 따 놨다."

"뭐 그 정도면?"

작은아버지가 강토의 동의를 구한다.

"과하네요, 시간은 10분이면 됩니다."

강토의 소감이었다.

"10분? 너무 짧은 거 아니야?"

"환자들 기다리시잖아요? 저도 병원 다녀 봐서 아는데 기다리는 거 질색이거든요."

"알았어. 그럼 10분 후에 연구실로 와라. 나 먼저 가서 환자들에게 설명 좀 하고 있을 테니까."

송 과장이 나갔다.

"진짜 10분이면 되겠냐?"

작은아버지가 강토를 바라본다.

"뭐 일부는 지난번에 맡았고요, 몸풀기 겸 확인차 맡는 거니까 괜찮아요."

강토가 환자복을 집어 든다.

"이게 유방암 환자 거네요?"

옷을 들고 간호사를 바라본다. 체크를 하려던 간호사, 시작부터 질려 버린다.

"그리고 이건 간암 환자……."

"어머."

"이건 폐암이죠?"

"와아."

간호사의 얼굴에서 점점 핏기가 사라진다.

강토는 모른 척 비글들에게 환자복을 넘겼다. 혈청과 환자복을 매칭시켜 주니 비글들이 충직하게 꼬리를 친다. 비글들도 전보다는 나아졌다. 그동안도 계속 훈련을 받은 까닭이었다.

"됐습니다. 이제 가시죠."

환자복을 간호사에게 건네주고 일어섰다. 비글들은 코를 반짝거리며 강토 뒤를 따랐다.

강토는 뒷문으로 들어섰다. 비글들 역시 트레이너와 함께 뒤를 이었다. 앞쪽으로 30여 명의 환자들이 보였다. 모두들 송 과장의 설명에 귀를 기울이고 있었다.

환자들의 구성은 전과 같았다. 초기 암이 의심되지만 일반 검사에서 잡히지 않았다. 그렇다고 무턱대고 온갖 암 검사에 들어갈 수도 없다. 그래서 후각을 이용한 암 진단을 신청한 것이다.

물론 그간의 성과가 기둥이 되었다. 몇몇 매체를 통해 홍보가 되자 사람들의 시선도 달라졌다. 초기에는 자원자를 받아야 했지만 이제는 신청자들이 늘고 있었다.

"안내 강의 끝나네요."

함께 들어온 간호사가 주의를 환기시켰다.

"소개합니다. 우리 병원 암세포 후각 진단의 코 박사님들."

송 과장이 뒤를 가리켰다. 강토가 두 비글을 이끌고 앞으로 나왔다.

"비글이야."

"귀엽네?"

비글에 대한 감상이 먼저 나온다. 환자들은 아마 강토를 개들의 주인으로 아는 모양이었다.

"비글만 주목하지 마세요. 비글보다 더 정밀한 후각을 가진 강토 씨입니다."

송 과장이 강토를 소개했다. 환자들은 모두가 놀라운 표정을 지었다.

인사를 하고 준비된 혈청을 보았다. 강의를 듣는 사람들 숫자보다 많았다. 참석이 곤란한 사람들은 채혈만 하고 간 모양이었다.

"그럼 몸풀기부터 시작할까?"

송 과장의 사인이 나왔다.

몸풀기는 암 환자 혈청 찾아내기다. 미리 설명을 들었다. 환자들의 의구심을 풀기 위한 일환이었다. 강토와 두 비글 앞에 각각 10개씩의 혈청이 준비되었다. 이 중에서 하나가 암 환자의 것이다. 강의를 들은 환자들은 그 답을 알고 있었다. 조작의 오해를 사지 않기 위해 그들에게 배치를 맡긴 것이다.

가장 먼저 찾은 건 강토였다. 시험관 랙이 나오기 무섭게 두 번째 튜브를 집어냈다.

"맙소사."

그걸 배열한 여자 환자가 소스라쳤다.

두 비글은 조금 늦게 암 환자의 혈청을 찾아냈다. 그걸 맡았던 두 암 환자 역시 놀라지 않을 수 없었다.

"그럼 이제 본격 진단에 들어갑니다."

송 과장의 선언과 함께 진단이 시작되었다.

환자는 모두 27명이었다.

아홉 명씩 세 조를 이루어 기립했다. 조별로 거리감이 있었으니 두 비글이 먼저 체크하고 강토가 확인하는 크로스체크 방식이었다.

그런데.

장난기 많은 페리가 강토를 앞서 나갔다. 트레이너가 말리려 하자 송 과장이 손짓으로 막았다. 크게 문제없는 일이기 때문이었다.

페리는 첫 조에서 두 명의 암 환자를 찾아냈다. 코를 벌름거리고 환자 주위를 돌아가 그 앞에 얌전히 엎드린다. 암 냄새를 찾았다는 뜻이었다. 환자들의 명암이 극명하게 엇갈린다.

두 번째 조는 그냥 통과했다. 암 환자가 없다는 신호였다. 그들의 안도감은 강토가 깨 버렸다. 두 번째 환자였다.

"유방 쪽이네요."

강토가 말하자 여자가 휘청거렸다. 그녀를 지나 마지막 아홉 번째. 통과하려던 강토가 걸음을 멈췄다. 50대의 여자 환자 노선희였다.

'응?'

강토가 파뜩 시선을 들었다.

'VOC(volatile organic compound)……'

혈청과 체취에서 휘발성 유기화합물 냄새가 났다. 미세하지만 틀림없었다.

하지만.

그것만으로 놀란 건 아니었다.

이 여자에게서는 또 다른 냄새가 난 것이다.

강토에게는 아주 낯익은 사람의 체취…….

이 여자는 이창길 교수의 아내였다. 일단 정중한 인사를 건넨 후에 결과를 알려 주었다.

"폐암 쪽이네요."

"말도 안 돼. 방금 비글은 그냥 지나쳤잖아요?"

노선희가 바로 반발하고 나섰다.

"노선희 씨."

송 과장이 다가왔다.

"과장님도 보셨잖아요? 비글은 그냥 지나간 거?"

"말씀드렸지 않습니까? 강토 씨는 비글보다……."

"솔직히 저는 그거 안 믿기거든요. 사람 후각이 어떻게 비글보다 좋아요? 상식적으로 가능한 일인가요?"

노선희는 완강했다.

그녀는 이 실험에 자의로 참가한 게 아니었다. 이유 모를 미열과 감기가 떨어지지 않자 종합병원으로 왔다. 몇 가지 검사에도 암 진단이 나오지 않자 주치의가 추천을 했던 것.

그 순간, 셰리가 다가왔다. 맨 뒤에서 크로스체크를 맡았으니 노선희 차례가 된 것이다. 송 과장이 비켜 주었다. 셰리는 암컷이다. 페리보다는 후각이 조금 더 낫다. 그렇다면 자연스러운 검증이 될 수 있었다.

큼큼.

셰리가 혈청 냄새를 맡는다.

노선희의 주변을 맴돌기도 한다. 하지만 곧 울상이 된다. 결국 노선희를 우두커니 바라본다. 셰리도 확신이 없는 쪽이다. 그만치 노선희의 폐암 냄새 분자는 희미했다.

"봐요? 아니잖아요."

노선희가 목청을 높일 때였다. 코를 움찔거린 셰리가 그녀 앞에서 뒷다리를 접었다. 마침내 폐암 냄새를 맡은 것이다.

"어머."

그녀가 창백해진다.

"셰리."

송 과장이 한 번 더 수고를 시켰다. 이번에는 셰리도 오래 걸리지 않았다. 몇몇 킁킁거리더니 바로 폐암 진단을 내 버린 것이다.

"말도 안 돼."

그녀가 하얗게 질려 버렸다.

강토는 다음 조로 넘어갔다. 처음 잡아낸 건 간암이었다. 마지막 환자는 위암이었다. 27명 중에서 5명의 초기 암을 찾 아내는 성과를 올렸다.

"페리, 셰리."

두 비글을 불렀다. 비글들은 트레이너보다 강토를 더 따랐 다. 쪼르르 달려와 강토에게 달려든다.

"수고했어."

두 비글의 이마를 마구 문질러 주었다. 강토와 비글의 역할 은 끝났다.

작은아버지의 진료실로 먼저 돌아왔다. 책상 위에 놓인 암 환자들의 혈청을 바라보았다.

이창길의 아내.

확인하지 않았지만 틀림없다. 냄새는 지문보다 명확하니 의심의 여지가 없었다.

기분이 묘했다.

작은아버지는 한참 후에야 돌아왔다.

"밥 먹으러 가자."

"네."

작은아버지를 따라 지하의 식당으로 향했다.

"그 여자 말이야, 노선희……."

"네?"

"주치의 붙잡고 깽판 좀 부리나 보더라. 별로 내키지도 않는 실험에 억지로 참가시켰다고. 폐암 아니면 책임지라고."

"네……."

"송 과장이 그 여자를 1타로 정밀검사 중이야. 그 여자 남편이 대학교수인 모양이더라고."

"우리 학교 교수님이에요."

강토 대답은 담담했다.

"응?"

작은아버지가 놀란다.

"진짜냐?"

"네."

"그럼 여자도 너랑 아는 사이야?"

"아뇨. 그분에게서 교수님 냄새가 났어요."

"……?"

"됐어요. 아무튼 그래요."

"헐, 이거 우리 강토 코에 진짜 귀신이 들어가 있는 모양이네."

"미안하지만 냄새는 과학이거든요."

"그러니까 냄새만으로도 부부인지 아닌지 안다는 거 아니냐?"

"별로 어려운 것도 아닌데요?"

"그럼 쟤들 말이야, 저기 끝에 앉아 있는 전공의들……."

"네."

"거기 세 번째 여자하고 그 앞의 남자… 사귀냐, 안 사귀냐?"

"왜요?"

"남자 녀석이 내 후배인데 간호사들 말이 둘이 사귀는 것 같다는데 끝까지 오리발이거든?"

"그걸 작은아버지가 알아야 해요?"

"나 말고 안과 과장님, 그 딸이 애널리스트인데 놀러 왔다가 저 녀석 보고 꽂혔단다. 여자 없으면 소개팅 한번 주선해 달라고 하시는데……."

"둘은 커플이에요."

"잤냐?"

"많이요."

"……"

"그 옆의 남자는 바람을 피워요."

"뭐야?"

"여자 냄새가 여럿이거든요."

강토가 웃을 때 작은아버지 핸드폰이 울렸다.

"여보세요? 뭐?"

통화하던 작은아버지가 벌떡 일어섰다.

"그래? 알았어."

표정이 환하게 변한다.

"야, 윤강토, 노선희 그 환자 폐암이란다."

작은아버지 목소리가 높아졌다.

"미세한 폐결절들은 CT 판독이 어렵거든. 그런데 네 후각 믿고 밀어붙였는데 폐 침으로 따 낸 5㎜짜리 결절이 악성으로 확인되었단다."

"다른 분들은요?"

"진행 중인데 네가 간암이라고 판정한 사람도 확정."

"에구, 그럼 알바비 토하지 않아도 되겠네요?"

"토하다니. 올라가자. 그 여자 환자가 너 찾는단다."

"별로 보고 싶지 않은데……"

"알바비 받았잖아? 그럼 협조해야지."

작은아버지가 강토 손목을 낚아챘다. 그 말도 맞는 것 같아서 따라나섰다. 딱히 피할 일도 없었다.

"왔네요."

병실에 들어서자 간호사가 환자를 바라보았다. 침대에는 노선희가 앉아 있었다.

"학생……."

"……."

"아까는 미안했어요."

"괜찮습니다."

"아니에요. 나는 암이 아닌 줄 알았는데 암 검사를 시키니좀 예민했던 것 같아요. 그러다 보니……."

"정말 괜찮습니다."

"그런데… 선민대 조향학과 학생이라고요? 우리 주치의 선생이 그러던데?"

"네."

"그럼 혹시 이창길이라고?"

"저희 교수님이십니다."

"어머나, 어쩌면 좋아."

"사모님 되시죠?"

"어머? 알고 있었어요?"

"그냥… 아까 뵜을 때 교수님 냄새가 났습니다. 그래서인사를 드렸는데……."

"그럼 아까 다른 사람에게보다 더 깊게 고개를 숙인 게?"

"예… 많은 환자들이 있다 보니 딱히 알은척하기도 그

래서……."

"어머어머, 어쩌면 좋아. 나는 그것도 모르고 히스테리를 부렸으니……."

"히스테리는 아닙니다. 암이 반가울 사람은 하나도 없지요."

"그렇긴 하지만 이건 굉장한 낭보라고 하더라고요. 이제 막 싹이 튼 암세포라서 치료가 어렵지 않다고 해요. 한 6개월만 더 경과되었더라도 치료에 애를 먹었을 거라고……."

"다행이네요."

"세상에. 비글보다 후각이 좋은 사람이 있다니… 난 우리 그이가 그런 천재 조향사가 간간이 있다고 해도 안 믿었는데… 솔직히 우리 그이도 옆에서 보면 후각이 그렇게 뛰어난 편은 아니거든요."

"……."

"아유, 이 은혜를 뭘로 갚는대… 그런데 이이는 아까부터 온다고 하더니 왜 이렇게 안 오는 거야?"

노선희가 핸드폰을 확인할 때였다. 병실 문이 열리면서 이창길이 들어왔다.

"여보."

노선희가 손을 들었다.

"윤강토?"

이창길의 눈에 강토가 먼저 들어왔다. 강토는 가볍게 예의를 갖췄다.

"당신 제자예요?"

"그, 그렇지? 조향이 복수전공이기는 하지만……."

"이 학생이 내 몸에서 초기 폐암을 찾아 줬어요."

"……?"

"왜 그런 조향사들이 있다면서요? 냄새만으로 사람의 질병을 알아내는?"

"그, 그렇지……."

"뭐 하세요? 아무리 제자라도 인사는 챙겨야 하는 거 아닌가요?"

"어? 그, 그래. 어떻게 된 일인가?"

이창길이 뜨악한 눈길로 강토를 바라보았다.

"이 병원에 새로 도입한 냄새로 암 진단 프로젝트가 있는데 제가 더러 참가를 합니다. 훈련받은 비글들과 함께요."

"비글?"

이창길이 노선희를 돌아본다.

"비글이 못 찾은 걸 그 학생이 찾았어요. 초정밀검사 결과 암세포가 나왔고요."

"……?"

"아, 제 냄새로 당신이 남편인 것도 알았대요. 어쩐지 처음부터 정중하게 인사를 하더라고요."

"……."

"그럼 두 분이 말씀 나누시죠."

"학생, 그냥 가면……."

강토가 돌아서자 노선희가 불렀다.

"아닙니다. 치료 잘 받으시고 완치하시기 바랍니다."

한 번 더 예의를 갖춰 주고 복도로 나왔다.

"진짜야? 윤강토가 후각으로 당신 암을 찾아낸 거?"

이창길의 목소리는 심각했다.

"그렇대도요. 당신은 뭐 했어요? 언제는 역대급 후각이었다 더니 마누라 암 냄새도 못 맡고."

"그냥 냄새만으로?"

"그렇대도요?"

"당신만?"

"아뇨. 전부 한 30여 명 되었는데 비글들이 못 찾은 환자를 여러 명 찾아냈어요. 나까지 포함해서."

"……."

"저 학생이 그 학생이에요? 정부 부처에 잘나가는 부모님 두 었다는?"

"잠깐만."

이창길이 창가로 걸었다. 뒷덜미가 당기며 편두통이 달려드 는 것 같았다.

「조 말론」

그녀가 그랬다. 냄새만으로 남편의 암을 발견해 치료를 받 게 했다. 그러나 그녀는 세기의 조향 천재에 속한다. 후맹으로 헤매다 최근에야 후각을 회복한 강토와는 비교의 대상이 아니었다.

그러나 초기 폐암.

가만히 노선희의 냄새를 당겨 본다.

병원의 소독약 냄새와 비릿한 혈취 외에는 맡아지지 않는다.

이제는 석양에 접어든 이창길의 조향 인생. 그러나 한때는 아내의 말처럼 대한민국 최고를 자부하던 사람이었다.

그런 이창길이 낌새도 차리지 못하던 폐암. 비글조차 지나친 초기 암을 찾아낸 강토의 후각⋯⋯.

인증된 장소 또한 이창길을 아득하게 만들기에 충분하고도 남았다.

여기가 어딘가?

대한민국 최고의 SS병원이었다. 그 쟁쟁한 의료진들이 검증한 것이나 다름없으니 이론의 여지가 없었다.

주치의를 만나 설명을 들었다.

"거의 기적이죠. 그 학생이 아니었으면 우리 의료진도 이 시점에서 발견할 수는 없었을 겁니다."

주치의가 의료기록을 보여 주었다. 영상에 찍힌 결절은 모래알만큼 작았다.

이창길의 아내 노선희.

그녀도 한때는 향수보다 사랑스러운 사람이었다.

그러나 세월을 따라 그녀도 늙어 갔다.

"요즘 몸이 이상해."

늦봄부터 하소연이 심했다.

"갱년기지 뭐."

이창길의 반응이었다. 그게 아니면 코로나 스트레스로 생각했다. 잔기침에 입맛이 떨어졌지만 심각하지는 않았다. 그래도 몰라 몇 번이고 아내의 체취를 맡았었다. 중병이 왔다면 이창길도 알 수 있다. 현역 조향사는 아니지만 그 역시도 조향사인 까닭이었다.

아내도 늙었구나.

그렇게 치부했다. 그럼에도 자꾸 하소연을 하니 SS병원으로 보낸 것이었다. 거기서 괜찮다고 하면 마음이 편해지겠지 싶었다.

그런데.

「폐암」

그것도 윤강토가 찾아낸…….

5월 이후.

강토의 궤적을 돌아본다.

기본적인 향도 구분하지 못해 향조조차 이론으로 외우던 학생. 실습실에서도 듣보잡에 불과해 차라리 결석하는 게 편했던 학생. 그렇기에 처음 그 포텐이 터졌을 때 이론에 강한 머리로 포뮬러를 외워서 사람을 속이고 있다고 생각하던 이창길이었다.

그러나 5월 이후.

이창길을 제외한 모든 상황이 변해 버렸다. 눈부신 윤강토의 발전. 모두가 인정하는데 자신만 인정하지 않고 있었다.

돌아보면.

이창길도 그런 때가 있었다.

일본에서의 조향사 생활.

살아남기 위해서는 극복해야 했던 그 열도의 편견과 냉소.

그 포텐이 터진 건 입사 2년 후였다. 일본인들이 칭송해 마지않는 가을꽃 마타리에서 얻은 영감이 그 출발이었다. 그로부터 5년 정도. 이창길은 두려운 게 없었다. 바닥에서 기다가 저 높은 곳으로 도약한 것이다.

많은 일본인 동료들은 쉽게 이해하지 않았다. 늘 의심의 눈초리였고 견제구의 일상이었다. 이창길은 그들을 비웃었다.

그래. 너희는 그렇게 살아라.

나는 나만의 화학의 시를 쓴다.

머릿속에 천둥이 울린다. 이제 보니 자신이 그걸 답습하고 있었다. 오늘만 해도 그랬다. 강토의 파우더리 향수는 심플하지만 파우더리의 진수였다.

지난 시간에도 그랬다. 그 향수 역시 어디 내놓아도 꿀릴 게 없는 작품이었다. 간단한 노트들로 절묘한 어코드를 이룬 것이다.

이창길은.

강토를 좋아하지 않았다.

이창길은.

후각 재능이 있는 학생들을 좋아했다. 조향에는 후각이 갑이기 때문이었다. 그러나 대학이었다. 재능과 상관없이 모든 학생을 다 포용해야 했다.

그걸 못 했다.

강토도 그걸 알고 있다. 실습시간에 모질게 꾸짖은 적도 많았다. 자신이 생각해도 때로는 심했다.

게다가 강토는.

노선희가 이창길의 아내인 줄 냄새로 알고 있었다. 원망이 쌓였다면 모른 척 지나칠 수도 있었다.

엿 먹어 봐라.

누구도 모를 일이다.

그런데도 정중한 인사부터 했다고 한다.

'하아.'

이창길의 입에서 반성의 한숨이 나왔다.

그 시각, 강토는 비글들과 작별하고 있었다. 페리와 셰리가 서운해하지만 어쩔 수 없었다.

"안녕, 수고했다."

강토가 손을 흔들었다. 그 차량이 멀어지자 등 뒤에 기척이 느껴졌다. 냄새로 알았다. 누가 거기 서 있는지.

"교수님?"

강토가 고개를 돌렸다. 이창길이었다. 강토에게 다가와 가만히 손을 잡는다. 그러더니 그 손등을 가볍게 토닥인다.

표정이 무겁다.

"아내가 고맙다더군."

"……."

"그리고 나도……."

목소리가 아래로 흘러내린다. 시선도 자꾸만 하향이다. 이창길 타입의 사과였다. 체취로 알았다. 뾰족한 감정의 각은 사라지고 없었다.

이창길이 돌아선다.

얼마 남지 않은 학교 생활.

어쩐지 점점 더 향긋해질 것 같은 예감이 들었다.

*   *   *

예감은 현실이 되었다.

세 번째 창작 향수를 실습하던 날이었다. 모두가 향수를 제출했다. 제출하지 못한 건 두 사람뿐이었다. 둘은 완성 직전에 서두른 게 화근이었다. 서로 몸을 부딪치면서 비커와 플라스크를 엎어 버린 것이다. 냄새가 진동을 했다. 실습실 안에서는 조심해야 한다. 특히 화학 계열의 실습실에서는…….

"······!"

두 학생이 돌처럼 굳어 버렸다. 이창길의 칼 각이 벼락처럼 날아올 수순이었다. 실습실 내에서의 무질서는 그냥 넘어가지 않는 그였다.

그가 두 학생에게 다가갔다. 다른 학생들의 시선이 이창길에게 쏠렸다.

그런데······.

이창길의 입에서 나온 말은 뜻밖에도 보리 향 노트처럼 따뜻했다.

"다친 데 없어?"

"······?"

잔뜩 긴장하고 있던 두 학생이 고개를 들었다.

"조심해야지."

이창길은 둘의 어깨를 토닥여 주고 교수 테이블로 돌아갔다.

"왜?"

보드 앞에 서서 학생들에게 되묻는다. 뭐가 문제냐는 표정이었다. 학생들은 황급히 시선을 거두었다.

"웬일이니?"

다인이 중얼거렸다.

"뭐가?"

강토가 모른 척 묻는다.

"이 교수님 말이야, 뭐 잘못 드셨나?"

"그런 것 같다. 아니면 인성 바뀌는 향수를 시향 하셨든지."

"사람 바뀌는 향수? 그런 것도 있어?"

"우주 향수도 만드는 세상에 그런 게 없겠냐?"

"하긴 너라면 또 모르지."

다인이 강토에게 무한 신뢰를 보냈다.

"그럼 제출하도록."

이창길이 마감을 선언했다.

학생들이 줄줄이 향수를 제출한다. 상미는 오늘도 뿌듯하다. 오늘은 강토의 조언조차 받지 않았다. 강토가 시향 해 보니 '괜찮은' 작품이 나왔다. 이 안에서 최소한 중간은 갈 작품이었다.

이창길이 시향에 돌입했다.

치잇.

블로터에 향이 입혀지고.

흐음.

신중하게 향을 음미하는 이창길.

경수와 은비, 김승애와 차주희 등의 긴장이 깊어 간다. 취업을 노리는 앞자리 성적들이다. 반면 강토는 느긋했다.

"창작해 본 소감들이 어때?"

시향을 마친 이창길이 모두를 향해 물었다.

"처음에는 얼떨떨했는데… 머리를 짜고 자료를 찾다 보니 조금 발전한 것 같습니다."

경수가 선창을 했다.

"향수 창작은 너무 어렵다는 걸 실감했습니다."

"향수는 머리에 떠오르는데 만들어지지가 않아요."

하소연도 줄을 잇는다.

"그게 조향의 세계다. 조향은 화학의 시라고 하지. 아름다운 시는 한두 편의 습작으로 나오지 않아. 천재가 아니라면."

"……."

"아무튼 이번 테스트가 여러분들이 앞으로 조향을 바라보는 시각에 긍정적 변화를 일으키는 계기가 되기를 바란다."

"……."

"그리고 너희들이 잘 따라 준 걸 격려하는 의미로 입상작에 상품을 주기로 했다."

이창길이 작은 가방을 열었다. 그러자 수입 향수들 10여 개가 나왔다.

"와아."

학생들의 반응이 뜨거워진다. 에어린 재스민을 필두로 에르메스, 겔랑, 코코 마드모아젤 등이 보인 것이다. 다만 마지막 향수는 수제 니치인 듯 레이블이 없었다.

"이건 내 작품이다. 여기 있는 것들에 비하면 인기가 없을 것 같은데 열 개를 채우느라 가져왔으니 오해는 말도록."

마지막 말이 강토 심금을 때렸다. 다른 때라면 다른 향수

에 뒤지지 않을 퀄리티라고 침을 발랐을 이창길. 변화가 실감
나는 순간이었다.

"그럼 으뜸상부터 발표하겠다."

이창길이 선언하자 학생들의 시선이 경수에게 쏠렸다.

"으뜸상은 윤강토가 차지했다."

"우와."

학생들 일부에서 신음이 흘러나왔다. 애제자 남경수를 제
쳐 버리는 이창길. 강토가 아무리 발전을 했다지만 이창길과
남경수의 케미 관계로 보아 있을 수 없는 일이었다.

"윤강토."

"예?"

"향수 말이야, 마음에 드는 걸로 골라 가라. 으뜸상이 우선
권이다."

"빨리 나가."

주저하는 강토 등을 상미가 밀었다.

열 개의 향수.

주저 없이 이창길의 향수를 집었다. 잘 보이기 위한 건 아니
었다. 그가 예우를 해 주니 강토도 예우를 갖춘 것이다.

"다음은 버금상이다. 남경수."

경수가 밀렸다. 하지만 그 역시 흔쾌히 결과를 받아들였다.
다음으로 아차상 다섯 명이 발표되었다. 예상대로 은비와 승
애, 주희 등이 받았다.

"마지막으로 발전상."

"……."

"첫 번째로 배상미."

"나?"

이창길의 선언이 나오자 상미 눈이 휘둥그레졌다.

"으음, 이 교수님이 급 좋아지려고 하는데? 상미의 분투를 알아보다니?"

다인이 중얼거린다.

"뭐 하냐? 빨리 가서 향수 득템하지 않고?"

준서가 상미를 밀었다. 상미는 에어린 재스민을 집었다. 나중에 들으니 자기 언니가 좋아하는 향수란다.

"봤지?"

테이블로 돌아온 상미가 향수를 흔들었다.

"열라 축하한다."

다인이 과격한 허그를 퍼붓는다. 상미는 이제 더 이상 꿀꿀해하지 않았다. 그녀의 자신감도 일상이 되었다. 그래서 더 기분이 좋은 강토였다.

"이러다 상미도 취업 추천 되는 거 아니야?"

실습실을 정리하던 다인이 행복한 표정을 지었다.

"바람 넣지 마라. 나 오늘 기분이 좋기는 하지만 내 주제를 잘 알거든?"

상미가 눈을 부라렸다.

"야, 꼭 조향사 해야 하냐? 향수 회사에서 다른 일 할 수도 있지. 향수 수입이라든가, 아니면 향수 추천 판매 같은 거……"

"그런 거라면 네가 해야지. 우리 스터디 맡아서 고생했잖아? 그렇지, 강토야?"

상미가 강토의 동의를 구한다. 강토는 당연히 동의였다.

"그나저나 이렇게 되면 지보단 트레이너는 어떻게 되는 거야? 강토한테 승산 생기는 거 아니야?"

준서 표정이 밝아졌다.

"형, 난 그거 안 한다니까."

강토가 선을 그었다.

"왜? 가면 좋을 텐데?"

"아네모네에서 의뢰받은 향수가 좋은 평가를 받으면 바로 공방 차리려고."

"하긴 네 실력 정도면……"

준서가 고개를 끄덕일 때 후배가 들어왔다.

"윤강토 선배님, 라파엘 교수님이 좀 들러 달라던데요?"

응?

라파엘 교수님이?

"부르셨습니까?"

강토가 연구소 문을 열고 들어섰다. 라파엘은 시향 중이었다.

똑똑.

대체로 달콤한 스모키 향이 부드러운 노크와 함께 강토 코 속으로 들어왔다.

"왔나? 여기 앉게."

"예."

"이거 말이야, 무슨 향인지 알겠나?"

라파엘이 블로터를 건네주었다.

'흐음.'

숨을 들이켜며 바로 향 분자 분석에 돌입한다.

"라즈베리에 스테이크, 그리고 메탈릭한 럼주 같은데요?"

럼주 노트를 말하는 순간 재미난 영감 하나가 입력된다. 술을 마시고 싶지만 마실 수 없는 사람을 위한 향수… 재미나겠는데?

"좋아. 그럼 주제는 뭘까?"

"주제는……."

"우주."

"우주요?"

"그래. NASA에서 조향사 스티브 피어스에게 의뢰해서 만들었다고 하더군. 파리에 사는 친구가 보내 준 거야. 우주인들 훈련에 쓰이는 향인데 일반인들에게도 판매가 된다면서……."

우주 향수.

아까 다인에게 한 말이 씨가 된 모양이다.

"우주인들의 경험과 우주선의 냄새, 우주복에 밴 냄새 등을 기반으로 한 모양이군요?"

강토가 물었다. 강토도 별의 성분을 알고 있기 때문이었다. 헬륨과 수소 두 가지다. 그렇다면 이런 향이 날 수 없었다.

"맞았네."

"신기한데요?"

"다음에는 자네가 한번 만들어 보게."

"제가요?"

"아니지. 자네라면 지구 냄새를 만드는 게 어떨까? 그래서 우주로 나가는 우주비행사들에게 한 병씩 주면?"

"그거 멋진 생각 같은데요?"

"농담 아니니까 한번 해 보게. 조금만 더 두각을 나타내면 내가 NASA에 있는 친구에게 추천하겠네."

"NASA에도 지인이 계십니까?"

"내가 친구 복은 좀 있거든."

"감사합니다."

"오늘 부른 이유는 이것 때문일세."

라파엘이 봉투를 꺼내 놓았다. 그걸 여니 영문 추천서가 나왔다. 기재란은 다 비어 있었다. 그러나 그 용도는 무엇인지 알 수 있었다. 맨 하단에 쓰인 글자 때문이었다.

「지보단」

바로 그 추천서였다.

1학기 때부터 학생들 사이에 동경의 대상이었던 지보단의 트레이너… 유럽의 조향 학교들 중에서도 최고 순위에 꼽히는 그…….

"……?"

영문을 모르는 강토가 고개를 들었다.

"이게 원래 이창길 교수님 권한 아닌가? 그분이 우리 학과를 대표하고 있으니……."

"예……."

"자네도 알겠지만 이 교수님은 아마 남경수 학생을 찍어 두고 있었던 것 같네. 뭐 솔직히 말하면 1학기 전반까지는 모든 교수들의 마음이 그랬을 걸세."

"……."

"하지만 5월이 넘으면서 분위기가 바뀌어 갔지."

"……."

"그래서 나도 고민을 좀 했네. 내 마음에 들어온 다른 학생… 마른하늘의 날벼락처럼 떨어진 그 학생의 조향 실력이 굉장했거든."

라파엘이 말을 돌린다. 그러나 그 주인공은 강토다. 강토가 모를 리 없다.

"교수 회의에서 정식 안건으로 삼아 추천하자고 의견을 내야겠다고 생각하던 차에 이걸 가지고 오셨더군."

"······."

"즉, 나한테 이 추천권을 일임하고 가셨네. 다른 교수들의 동의도 받았다고 하면서······."

"······."

"혹시 말이야, 자네는 그 이유를 아나?"

"모릅니다."

강토가 고개를 저었다. 그렇게 가는 게 옳을 것 같았다.

"그렇군. 혹시 자네가 아는가 싶어서······."

"······."

"그래서 자네 생각을 알아야 할 것 같아서 말이야."

"제 생각이라면······."

"지보단 트레이니 말일세. 최종적으로 묻는 걸세. 기탄없이 말해 보게."

"그거라면 경수가 적격이라고 생각합니다."

강토가 잘라 말했다.

"오늘을 기준으로 본다면 남경수는 자네를 넘볼 수 없어."

"경수는 조향학과에서 4년 내내 에이스였습니다."

"윤강토."

"죄송하지만 교수님."

"······?"

"저는 더 자유롭게 향수와 놀고 싶습니다. 지보단이든 피미니시든 시스템에 구속되지 않고 말입니다."

"구속이라고 했나?"

"예."

"아하하핫."

듣고 있던 라파엘이 박장대소를 터뜨렸다.

"교수님."

"아닐세. 자네를 비웃는 게 아니야."

"……."

"내가 말일세, 이 학교에 있는 동안 지보단이나 피미니시 등에 자신 있게 추천할 수 있는 학생을 만났으면 하는 소망이 있었네. 자네가 그걸 사뿐히 깨 주는군. 그 기회를 걷어차는 것 말일세."

"교수님."

"공감하네. 지보단과 피미니시, 미국의 IFF 다 멋지지. 하지만 솔직히 말하면 그 거대한 향료 자본이나 네트워크를 뛰어넘는 사람을 보고 싶었네. 어떤 굴레에도 얽매이지 않고 자신만의 조향 세계를 이루어 내는 보헤미안 같은 조향사……."

"이해해 주시니 감사합니다."

"이해가 아니라 팩트네. 다만 자네의 재능이 계속 발전하길 바랄 뿐."

"또 제 생각인데 잘된 일 같습니다."

"뭐가?"

"남경수 말입니다."

"……?"

"아마 이 교수님이 일방적으로 추천권을 행사한다면 과 학생들 사이에서 뒷말이 나올 수 있었습니다. 이 교수님이 경수와 은비를 편애하는 측면이 강했으니까요. 그런데 교수님이 추천한다면 경수의 자부심은 더 커질 테고 지보단에서 생활하는 데도 도움이 될 것 같습니다."

"자네……."

라파엘의 눈빛이 출렁거렸다.

"말씀 끝나셨으면 그만 나가 보겠습니다. 제가 할 일이 좀 많거든요."

"그러게. 새 향수 나오면 가져와서 자랑 좀 하고."

"네, 교수님."

인사를 하고 밖으로 나왔다.

지보단의 트레이니.

아쉽지 않았다. 강토를 제외하면 경수가 적임자인 건 두말할 필요도 없다. 그가 선진 조향을 배워 온다면 한국 조향계에도 득이 될 일이었다.

이창길의 양보.

상미에게 상을 준 것 다음으로 마음에 드는 일이었다.

제4장
—
알레르기? 걱정 마세요

좋은 날은 빨리 간다.

강토에게도 그랬다. 2학기는 매일 분주했다. 학교를 가는 날은 많지 않았지만 시간이 아까웠다. 유지를 골라 오고 정유를 만들고, 새로운 냄새 분자를 경험하고 향수를 만들고…….

자연 향에 대한 욕심 때문에 더 바빴다. 강토가 만드는 향들은 좋은 향에 국한되지 않았다. 때로는 낡은 담벼락의 콘크리트와 벽돌 냄새들, 또 때로는 옛날 물건들과 길고양이 냄새까지 달렸다.

후각이 그걸 원했다.

실제로 향수들도 그랬다. 좋은 향료보다 살짝 저급한 향이 들어감으로써 더 우아해지는 향이 많았다. 향의 세계는 그렇게 신비하고 오묘했으니 더 많은 향료를 확보하는 길만이 더 자연스러운 향수에 다가서는 길이었다.

물론 일반 향수 유저들의 후각은 거기까지 미치지 못한다. 하지만 강토가 용서되지 않았다. 그게 바로 수준이라는 거였다.

강의가 없는 날, 커피 두 잔을 타서 마당으로 나갔다. 할아버지는 오늘도 그림을 그린다. 아침에는 기분이 좋은 편이 아니었는데 지금은 괜찮아 보였다.

할아버지를 실망시킨 건 전시회 건이었다. 한 큐레이터의 전화를 받은 후였다. 원래는 할아버지를 포함해 3인 전시회를 열 예정이었는데 결정권자인 관장이 할아버지를 배제했다는 통보였다. 벨벳 그림을 정통 서양화에 끼워 줄 수 없다는 게 이유였다.

"제의할 때는 언제고… 당신들이 말하는 그 정통이라는 게 대체 뭡니까? 서양화가들도 다양한 소재 위에 그림을 표현합니다. 벨벳 역시 그 소재의 하나고요."

할아버지의 항변은 강 건너 불구경이 되었다. 결국 할아버지는 '탈락'의 고배를 마셨다. 작년부터 차분하게 준비해 오신 할아버지. 맥이 풀리고도 남을 일이었다. 국내에서는 처음 제의받았던 전시회기 때문이었다.

어떻게 알았는지 방 시인이 다녀갔다.

"아유, 시도 격식을 깨고 나오는 세상인데……."

그녀의 위로가 그나마 도움이 되었다.

"할아버지."

커피를 내밀며 슬그머니 옆에 자리를 잡았다.

"장미 향 넣었어요."

"고맙다."

퉁명스럽지만 대답이 나온다.

"전시회 말이야, 기왕 이렇게 된 거 할아버지 혼자 해 버려
요."

"짜식이……."

"그렇잖아요? 잘난 캔버스 그림하고 안 어울리면 벨벳 특별
전으로 가면 되지."

"이놈아, 그걸 누가 모르냐? 전시 기획하는 것들이 이 그림
의 진가를 몰라주니 그렇지."

"그럼 할아버지가 알게 해 줘야죠."

"말은 쉽구나."

"요즘은 지하철역 같은 데서도 전시회 많이 하던데?"

"네 작은아버지랑 똑같구나. 그놈은 대형마트나 백화점에서
하면 어떻냐고 하던데?"

"마트는 몰라도 백화점은 괜찮지 않아요? 럭셔리한 곳이
면……."

"이놈아, 백화점은 네, 하고 공간을 내준다더냐? 그림 그리

는 화가도 실력보다 스펙부터 따지는 게 한국인데."

"백화점에서 해 주면 할 거예요?"

"그만하고 가서 향수나 만들어라. 주문 들어온 거 있다면서?"

"할아버지가 꿀꿀해하니까 그렇죠."

"강토야."

할아버지 목소리가 갑자기 진지해진다.

"왜?"

"할아버지 안 꿀꿀하다."

"거짓말."

"정말이야, 이놈아. 난 네 후각이 돌아온 것만 생각하면 모든 게 좋아. 그까짓 전시회가 대수냐? 할아버지 기 안 죽으니까 가서 네 일이나 해."

"진짜죠?"

"그래."

할아버지가 웃는다. 강토는 믿는다. 할아버지는 저력덩어리다. 중동 땅에서 수도 없이 보았다. 여러 화상들의 농간도 할아버지에게는 통하지 않았다. 심지어 총을 들이대는 괴한들 앞에서도 꿀리지 않았던 기개였다.

'백화점?'

문득 박광수 회장이 떠올랐다. 그가 경영하는 금란백화점은 강남에서도 최고에 속한다. 한번 찾아가서 사정해 볼까?

거기까지 생각하다 '사정'이라는 단어를 얼른 지웠다. 그건 할아버지에 대한 모독이었다. 사정이 아니라 '딜'이 알맞았다.

다락방의 창으로 한 번 더 할아버지를 내다본다. 오랫동안 할머니 없이 살아온 할아버지에게 그림은 보약이다. 그림에 집중하면 모든 것을 잊는다. 지금도 그런 모습이었다.

'좋았어.'

가벼운 기분으로 향수 오르간 앞에 앉았다. 바빠서 미뤄 두었던 은나래의 뮤게를 만들 차례였다.

이틀 전 은나래에게 전화가 왔었다.

—강토 씨, 내 향수 만들고 있는 거죠?

"그럼요."

강토가 답했다. 우영자에게 카톡이 왔길래 답했던 게 공유된 모양이었다.

—나 급한데, 얼마 후면 100회 특집극 촬영이 있어요. 그때 쓸 수 없을까요?

"맞춰 드릴게요."

다짐부터 했다. 뮤게의 스케치는 다 끝난 후였다.

뮤게.

영어로는 Lily of the valley라 부르고 우리말로는 은방울꽃이다. 꽃말은 '순결'과 '다시 찾은 행복'이다. 일설에는 성모 마리아가 흘린 눈물에서 은방울꽃이 나왔다는 말도 있다.

뮤게 노트······.

가만히 눈을 감아 본다.

뮤게는 가녀리지만 날카로운 느낌이 붙어 있다. 사과 향이거나 레몬 향 같은 느낌도 난다. 우영자의 향수를 만들 때 같이 만들지 않은 건 방향 때문이었다.

은나래는 작고 통통하다. 한마디로 씩씩한 꼬마 병정 같다. 시그니처를 만드는 것이니 그 이미지에 연결하고 싶었다.

시너지를 노린다면 씩씩하고 활기찬 향을 메인으로 붙여야 했다. 그쪽으로 가려고 정하고 그녀의 자료를 찾았다. 의외로 순수한 측면이 많았다. 그게 바탕이 되어 오늘의 성공을 이룬 것이다.

그렇다면.

그녀 내면의 자아를 살리는 게 더 낫겠지?

활기찬 노트를 내려 두었다. 그러다 보니 조금 늦어 버린 것이다.

뮤게의 기본은 재스민과 릴리, 로즈에 베르가모트 배열이다. 보통 조향사에게 뮤게 노트의 향을 만들라고 하면 이 정도 구성으로 끝난다. 물론 어코드만 잘 맞추면 그것만으로도 훌륭한 향수가 된다. 겔랑이 말했듯이 좋은 향수라는 것, 향료 숫자가 많은 것과는 관련이 없었다.

뮤게는 작다. 정말이지 천국의 꼬마 종처럼 보인다. 눈을 감고 그 향을 맡다 보면 종소리가 들리는 것 같다. 지상에서 가장 아련한 종소리…….

동동— 도옹.

'종소리.'

공감각이 강토의 영감을 발동시켰다.

향수 속에서 진짜 종소리를 울리려는 생각이었다.

그녀의 자아.

메인 주제는 그렇게 정했다. 누구든 본성이 있는 법이다. 그 본성이 아름다우면 외면으로 드러난다. 그걸 향수로 말해 주고 싶었다.

조향 캔버스에 향료 물감을 짰다. 메인은 당연히 뮤게. 흰색 감귤과 멜론으로 바탕을 칠한다. 순박 달콤함이 부드럽게 펼쳐진다. 그 위로 탐스럽게 핀 작약을 올리고 뮤게로 방점을 찍는다. 마무리는 베르가모트와 샌들우드에게 맡긴다.

조금 다르지만 아주 다른 뮤게 향이 나왔다.

흐음.

눈을 감고 전체를 조망한다. 여리여리한 작약의 투명한 살결 같은 향이 난다. 청순하면서도 순수한 향이 주변에 투명막을 쳐 주는 느낌이다. 이 향막(香幕) 안에서 은나래의 자아는 투명하고 순수하게 빛난다.

그런데…….

한참을 집중하던 강토 미간이 살짝 구겨졌다.

눈을 뜬다.

포도주 주정에 구상한 향을 넣는다. 블로터를 담가 냄새를 맡아 본다.

"……"

구겨진 미간이 펴지지 않았다.

향에 문제가 있는 건 아니었다. 은나래의 알레르기를 고려해 샌들우드도 블랑쉬의 보석으로 넣었다. 하지만 강토가 꿈꾸던 은방울 소리. 그 순결한 소리가 들리지 않았다.

향수가 물감과 다른 건 미묘함이다. 특히 니치나 개인용 시그니처가 그랬다.

뮤게 향을 조금 더 투하해 본다. 종소리가 살짝 나는 듯하더니 그대로 주저앉는다. 다시 더 추가하자 이제는 향이 망가져 버렸다. 어코드가 깨진 것이다.

다시 도전했다.

이번에는 작약의 비율을 줄이고 베티베르를 추가해 본다. 알레르기의 성분이 될 수 있는 잡티들을 베티베르로 씻어 내는 것이다. 그래도 종소리는 무심하다. 투명한 향 사이로 흰 종이 보이는가 싶으면 사라졌다.

오기가 생겼다.

이대로 주어도 우수한 향수지만 자존심이 있는 것이다. 처음의 영감대로 구현되지 않는 향수는 조향사에게는 실패작이었다.

그대로 두고 향료 오르간 앞에 섰다.

시선에 오동나무 에센스가 들어왔다. 봄에 만든 정유로 고작 한 방울 정도다. 오동나무꽃도 종 모양이다. 하지만 은방울꽃과는 매칭이 좋지 않았다.

다음으로 후각을 당긴 건 흰 무스카리 향이었다. 이 꽃도 종 모양이다. 그러나 한 꽃대에 굉장히 많이 달린다. 꽃의 형태도 크기도 은방울꽃과 많이 닮았다.

향은······.

'대박.'

괜찮았다.

무스카리 향을 스포이드로 찍었다.

톡.

주정 위에 떨어지는 순간, 강토는 들었다.

댕—댕—데앵.

아련하지만 선명한 종소리였다.

무스카리가 마중물이 되어 은방울꽃의 종소리를 북돋아 준 것이다.

바로 조향에 착수했다. 원래의 포뮬러에 무스카리 향을 넣으니 기막힌 뮤게 향수가 나왔다. 순수와 달콤한 감동이 은은하고 투명한 세계를 창조했다.

"할아버지."

마당으로 달려가 시향지를 흔들었다.

"이번에는 무슨 향수냐?"

"뮤게요."

"은방울꽃?"

"어때요?"

"좋은데?"

"좀 구체적으로요."

"하얀 판타지? 그림으로 치면 모네의 양산을 든 여인 뒤로 보이는 투명한 하늘?"

"시향 평 죽이는데요?"

"어디 가려고?"

"주문한 분에게요. 코뮈넬이에요."

코뮈넬은 최종 단계라는 뜻이다. 완성이 가까운 '33번째 시제품'보다도 앞쪽이었다.

"강토 씨."

방송국 로비에 도착하자 은나래가 달려 나왔다. 방송 직전인지 허리 뒤쪽으로 송신기까지 매달고 있었다.

"닥터 시그니처."

혼자가 아니었다. 우영자 목소리는 더 컸다. 또 다른 연예인들도 따라붙었다. 은나래와 우영자가 자랑을 한 모양이었다.

치잇.

우영자의 향수를 시향 시켜 줬다. 그렇잖아도 몸이 달았던 우영자였다. 은나래의 것을 만들면 같이 보여 주려고 미뤘던 강토였다.

"오예, 내 인생 시그니처."

우영자가 블로터에 코를 박고 한 바퀴 돌아 버린다. 마음에 드는 모양이었다.

치잇.

이번에는 은나래였다.

"잠깐잠깐."

은나래가 주변 사람들에게 주의를 환기시켰다. 그동안 꺼려 왔던 향수들이다. 여전히 마음의 부담이 남은 것이다.

"후우."

그녀는 긴 심호흡 끝에야 블로터에 코를 가져갔다.

"어머."

코가 냄새 분자를 감지하기 무섭게 호흡을 멈춘다.

"왜?"

우영자가 다가섰다.

"잠깐, 잠깐만……."

다시 시향 하는 은나래. 이번에는 석고상처럼 경직되나 싶더니 아예 굳어 버렸다.

"아, 이 기집애……."

우영자가 블로터를 잡아챘다. 그 향을 맡더니 그녀도 눈동자가 멈춰 버린다.

"너무 좋아요. 마치 투명한 살결 향 같아. 아니, 아련함이 눈앞에서 실크 스카프처럼 하늘거린달까?"

"혹시 은방울 종소리는 안 들리나요?"

강토가 물었다.

"종소리요?"

"머릿속에 한번 그려 보세요. 앙증맞도록 싱싱한 흰 은방울 꽃……."

"은방울꽃 종소리… 응?"

집중하던 은나래가 바짝 움츠렸다.

"들리는 거 같아요. 아련하게, 더 아련하게."

겨우 정신을 차린 은나래가 엄지를 세웠다. 하지만 강토 표정은 반대로 일그러졌다. 부정적 사인이 나왔다. 은나래의 체취와 합쳐지니 약간의 부조화가 보인 것이다.

"오늘 주는 건가요?"

은나래는 당장 주머니에 넣을 태세였다.

"아닙니다. 마무리가 남았고 숙성도 시켜야 해서요."

"그럼 한 번만 뿌리게 해 줘요. 이건 진짜 뿌리고 싶네요. 실프의 드레스거나 선녀의 날개옷 같은 기분이에요."

"그러세요. 최대한 향을 정화시키긴 했는데 확인도 해야 하거든요."

치잇.

목과 손목 안쪽, 그리고 아킬레스건 부위에 한 번씩 뿌려 주었다. 부조화에 대한 검증이었다. 조금 전의 느낌이 강토의 기우였다면 그대로 숙성에 들어가면 될 일이었다.

"괜찮아?"

우영자가 은나래를 바라보았다. 둘은 오랜 지인이다. 그렇기에 그녀는 은나래를 알았다. 여간한 향수들은 뿌리고 10분도 되지 않아 발적이 돋았기 때문이었다.

"괜찮아. 안 가려워."

은나래는 아이처럼 흥분해 있었다.

10분이 지나도 발적은 나오지 않았다.

"강토 씨, 진짜로 괜찮아요. 문제가 없다고요."

은나래가 몸서리를 친다.

"우와."

여자 연예인들이 몰려든다. 은나래의 향수 알레르기는 방송가에서 모르는 사람이 드물었다.

강토 고개가 갸웃 돌아갔다.

행운일까?

하지만 후각이 그냥 넘어가지 않는다.

조금 더 기다려 보기로 했다.

녹화가 시작되었다. 한 시간 정도 진행한 후에 휴식 시간이 되었다.

"엉?"

팔목을 보여 주고 목을 거울에 비춰 보던 은나래가 살짝 굳었다. 손목보다 약한 목 부위에 미세한 발적이 생긴 것이다.

"뭐, 이 정도면……."

은나래는 관대했지만 강토가 선을 그었다.

"안 됩니다."

"아니, 진짜 괜찮아요. 참을 만하다니까요. 다른 향수 같으면 벌써 벌겋게 지도를 그렸을 거예요."

"조금 더 민감한 부위에 뿌리면 발적이 커질 수도 있습니다."

"그래도 이 정도면 괜찮아요."

"제가 안 됩니다."

"……."

그녀가 애석해하는 사이에 후각을 발동했다. 뭐가 문제일까? 후각망울에 그녀의 체취가 들어오자 길이 보였다. 그녀의 체취가 문제였다. 굉장히 예민한 편이었으니 특단의 조치가 필요했다.

이미 목격자들도 많았다. 절반의 성공 따위는 거두고 싶지 않았다.

블랑쉬는 해법을 갖고 있었다. 200여 년 전의 귀족들은 그렇게 청결하지 않았다. 그 체취까지 감추려면 향수를 미친 듯이 뿌려야 했다.

당연히.

일부 귀족 부인들은 피부염이나 발적이 생겼다. 그 해결까지 조향사의 몫이었다. 그렇지 않으면 엄청난 배상은 물론이오, 형벌도 당할 수도 있었다.

블랑쉬의 그 해법.
한 번도 써 보지 않았다.
그러나 필요한 순간이 온 것이다.

＊　　　　＊　　　　＊

알레르기는 복잡하다. 이비인후과 의학박사인 작은아버지와 화학을 전공한 덕분에 잘 알고 있었다.

체취도 간단하지 않다. 그러나 사실 우리 몸에서 분비되는 땀과 피지 자체에는 냄새라는 게 없다. 그런데 왜 사람은 제각각 독특한 체취를 풍기는 것일까?

어떤 사람은 꼬릿한 냄새가 나지만 또 어떤 사람은 수박 향 같은 게 난다. 아기 냄새가 나는 살결도 있고 노린내가 나는 사람도 있다.

체취는 대개 피부 가스 때문이다. 피부 가스는 혈액 속의 성분 중에서 크기가 작은 분자가 피부 조직을 통과해 피부 표면에서 휘발되면서 생긴다. 음주 다음 날 냄새가 심한 건 알코올이 간에서 분해되면서 나오는 아세트알데히드가 혈액으로 들어갔다가 피부 표면으로 나오는 까닭이다. 냄새가 심한 향신료도 이런 원리로 체취가 된다. 여성의 월경 냄새도 그런 경우에 속한다.

피부 가스 외에 땀샘도 체취에 관여한다. 에크린과 아포크린샘이 그것이다. 에크린은 전국구라서 온몸에 분포하며 대부분의 땀을 이룬다. 발바닥에 특히 많다.

아포크린샘은 겨드랑이와 귀 뒤에 주로 분포한다. 이러한 땀이 분해되면서 체취의 일부를 이룬다. 재미난 것은 사람은 자신의 체취를 맡을 수 없다는 점이었다. 후각 때문이다. 후각은 주변 상황 탐지에 몰입해야 하므로 자신에게는 둔감한 편이다.

자신에게는 관대.

후각이야말로 내로남불의 기원인 것일까?

강토가 체취를 더듬은 건 체취가 필요하기 때문이었다. 소위 말하는 개기름, 즉 기름기 묻은 체취가 필요했다. 말하자면 개기름은 인간의 정유(精油)였다.

「겨드랑이와 목덜미, 음부」

블랑쉬의 해법이었다.

그러나 실전에서는 아이템이 바뀌었다.

〈내의와 머리카락〉

당시 블랑쉬는 알랑의 조수에 불과했다. 알랑이 블랑쉬의 작품을 자기 것인 양 행세했기에 귀족을 직접 만날 수 없다. 그렇기에 내의와 머리카락을 택했다. 그것조차 어려우면 빨기 직전의 목 카라와 오래 입고 버리는 드레스로 대신했다. 거기에는 몸의 기름기가 많이 배었다. 그걸 알코올로 세척하면 원하는 체취를 얻을 수 있었다. 그 향을 향수에 원료로 쓰면 피부 트러블 문제가 사라졌다.

현대 과학적으로 보면 중화반응이거나 항원항체반응의 일종으로 이해되었다. 그러나 아직은 확인해 보지 않은 방법이었다.

"녹화 재개까지 얼마나 걸리죠?"

강토가 물었다.

"뭐 한 10—20분 정도?"

"그럼 잠깐만 기다리세요."

강토가 밖으로 뛰었다. 여기는 현대였다. 블랑쉬보다는 조금 더 많은 선택지가 있었다. 게다가 강토는 어떤 여자라도 만날 수가 있었다.

마트로 나가 올리브유를 샀다. 리넨은 약국에서 대용품을 구했다. 유지를 쓰면 더 완벽하지만 마장동까지 다녀올 수는 없었다.

"죄송하지만 이걸 어깨와 허벅지 안쪽에 붙여 주세요. 녹화가 끝나면 제게 떼어 주시면 됩니다."

"올리브기름을 묻힌 건가요?"

"그게 있으면 알레르기 반응을 완전하게 잠재울 수 있을 겁니다."

"강토 씨."

"저를 한 번만 믿어 보세요."

"할 수 없죠, 뭐. 닥터 시그니처의 명령인데……"

은나래가 수긍했다. 이미 강토의 향수에 빠진 까닭에 방송 중의 불편함 따위는 감수하는 그녀였다.

강토 예상은 적중했다.

두 시간 후에 녹화가 종료되자 은나래의 발적은 조금 더 올라와 있었다. 바로 병원행이던 전보다는 한결 나았지만 완전하지는 못한 것이다.

"여기요."

은나래가 부착했던 리넨을 돌려주었다.

"그걸로 해결이 되나요?"

"네."

"꼭 그래야 할 텐데… 만약 안 돼도 향수는 그냥 주세요. 이 정도는 참을 수 있어요."

"됩니다. 대신 머리카락도 좀 필요합니다."

"머리카락도요?"

"아까 드린 리넨에 체취가 묻었습니다. 머리카락에는 기름기가 많이 있지요. 이런 걸 합치면 사람의 체취를 만들 수 있습니다. 그게 필요합니다."

"향이 오염되는 건 아니고요?"

"절대로요."

강토의 확신이었다.

그때 예능 싸가지로 불리는 40대 초반의 유수린이 다가왔다.

"은나래."

"어머, 선배님."

"녹화 끝났어?"

"네, 방금……."

"누구?"

그녀의 턱짓이 강토를 가리켰다.

"향수 만드는 학생이에요."

"학생에게 향수를 맡기는 거야? 나래 씨는 향수 알레르기도 있잖아?"

"맞아요. 그런데 이 학생이 향수를 기막히게 만들어서요."

"어머, 우리 나래 왜 이래? 돈도 벌 만큼 벌면서?"

"네?"

"그러다 큰일 나. 향수 아무거나 뿌리면 독이 되는 거 몰라? 향수 쓰고 싶으면 최소한 제이미 정도는 되어야지."

"이 학생은……."

"그렇잖아도 내가 좋은 향수 선생님 만나서 소개해 주려던 참인데… 이거 한번 볼래?"

치잇.

그녀가 향수를 허공에 뿌렸다. 그러더니 제자리에서 한 바퀴 턴을 한다.

"어때? 할리우드에서 여배우들 시그니처만 하다가 들어왔다는데 퀄리티가 완전 달라. 이 향수 맡다가 다른 거 맡으면 악취야, 악취."

"유수린."

자부심에 불타는 유수린의 뒤에서 다른 목소리가 들려왔다. 손윤희였다.

"어머, 선배님."

유수린이 깍듯해진다. 유수린은 그럴 수밖에 없었다. 데뷔 초기, 싸가지 캐릭터 때문에 출연 섭외가 없을 때 손윤희가 나가던 프로그램에 끼워 줬던 역사가 있었다. 그 이후로 자리를 잡았고 덕분에 지금은 어엿한 중견 예능인이 된 것이다.

"말레이시아 촬영 갔다더니 끝난 모양이네?"

"네, 이틀 전에 귀국했어요."

"그럼 내 컴백 편 못 봤겠어?"

"말은 들었어요. 반응이 굉장했다면서요?"

"나보다 향수가 그렇더라고."

"향수요?"

치잇.

손윤희가 그 얼굴에 향수를 뿌렸다.

"어때?"

"어머… 향기가 너무 매혹적이네요."

"그날 스튜디오 뒤집어 놓은 향수 중의 하나야."

"진짜요? 어디 건데요?"

"윤강토, 저 학생이 바로 그 향수 만드신 조향사셔. 나의 닥터 시그니처."

"네에?"

유수린의 얼굴이 과격하게 일그러졌다.

"나 바빠서 그만. 강토야, 오늘은 바빠서 차도 한잔 같이 못 마시겠다. 나중에 보자."

가볍게 한 방을 먹인 손윤희가 강토를 토닥이고 지나갔다.

"선배님, 다음에 밥 한 끼 먹어요."

유수린의 허리가 제대로 접힌다.

"진짜야?"

손윤희가 멀어지자 유수린이 구겨진 얼굴로 은나래를 바라보았다.

치잇.

은나래가 강토에게서 받아 든 뮤게 향수를 뿌려 주었다.

"어머."

다시 한번 얼어붙는 유수린.

눈치 빠른 은나래가 눈짓을 준다. 유수린은 그 뜻을 알아들었다.

"내가 실례를 했나 봐요. 향수라는 게 워낙 고난도의 스킬인데 어린 학생이 만든다고 하니……."

"괜찮습니다."

강토가 사과를 접수했다.

"그럼 나도 국장님 좀 만나야 해서……."

유수린은 진땀을 흘리며 멀어졌다.

"그럼 향수 나오는 대로 연락 부탁해요."

은나래의 당부가 이어졌다.

집으로 돌아오기 무섭게 리넨과 머리카락을 알코올로 씻어 체취를 추출했다. 그 향 분자를 맡자 은나래가 눈앞에 서성이는 것 같았다.

신기했다.

만약.

만약 사람의 체취를 제대로 추출하면 어떻게 되는 걸까? 블랑쉬의 비법인 돼지기름과 소기름, 그리고 올리브유의 비율을 동원하면…….

그렇게 되면 그리운 사람의 냄새를 거의 영원히 간직할 수 있다. 눈먼 사람조차도 소중한 사람을 향으로 더듬을 수 있는 것이다.

호기심이 그냥 넘어갈 리 없다. 체취를 분해한다. 기름 냄새와 식초 냄새를 섞으니 비슷해진다. 그걸 두고 다른 방법으로 가본다. 유칼리와 페퍼민트, 라벤더와 감귤 등을 섞었다. 다른 한편으로는 일상의 냄새 분자들, 생선과 계란, 밥 향과 감식초, 치킨과 피자 가루에 다시마 향을 넣었다. 여기에 사향 향을 넣고 알코올로 가라앉힌 후에 여과한 것을 앞서 만든 유칼리 혼합물과 섞었다. 그러자 사람 냄새와 비슷한 향이 되었다.

호기심을 채우자 최종 단계인 코뮈넬로 달렸다.

수정한 건 원래의 포뮬러에 베티베르를 미량 더한 것뿐이다. 그 원안 포뮬러에 은나래의 체취가 들어갔다.

흐음.

블로터에 적신 향을 체크했다.

붓 터치 한 번으로 세련되어지는 명화처럼 향은 더 맑고 투명하게 변했다.

좋았어.

쾌재가 저절로 느껴졌다.

[향수는 제대로 완성되었습니다. 한 달 후에 가져다 드릴게요.]

카톡을 보내고 그대로 잠이 들었다.

자정이 넘은 것이다.

짤랑짤랑.

투명하고 아련한 뮤게의 방울 소리가 강토를 꿈결의 세계로 데려갔다.

아—늑—하—게.

*   *   *

일주일 후 강토는 라파엘 교수의 호출을 받았다. 기왕 가는 길이니 뮤게 향수를 가져갔다. 향수를 만들면 보여 주겠다던 약속 때문이었다.

그런데.

향수를 집는 순간 이상하게도 가슴이 뛰었다. 라파엘 교수는 처음이 아니다. 더구나 이제는 신뢰까지 이룬 상태였다.

뭘까? 이 가슴 저미는 설렘…….

고개를 갸웃거리며 지하철에 올랐다.

치잇.

뮤게 향수가 분출되자 블로터가 젖었다. 라파엘의 시향은 오늘도 신중하고 엄숙했다.

"잠깐만."

시향 하던 그가 일어섰다.

"불을 좀 끄겠네."

딸깍.

스위치가 내려갔다. 어둠이 내리자 다시 블로터를 감상한다.

"이것, 몇 번 더 뿌려도 되겠나?"

라파엘이 향수병을 들어 보였다.

"물론입니다."

"고맙네."

치잇.

강토의 말이 떨어지기 무섭게 라파엘이 향수를 뿌렸다.

허공에.

무려 세 번을 분출했다. 그러고는 가만히 눈을 감는다. 그는 한참 후에야 눈을 떴다.

"윤강토."

"네?"

"뮤게 향을 얼마나 잘 살렸는지 뮤게의 꼬마 종소리까지 들릴 듯하군?"

"들리십니까?"

강토가 물었다.

"들리는 듯하다가 아스라이 사라지고 또 그러고… 아마도 내 부족한 후각 탓이겠지."

라파엘의 미소가 정다웠다.

"맞지? 뮤게의 종소리?"

"노력은 했습니다."

"굉장하군. 뮤게 향을 선명하게 부각시키려는 조향사는 많이 보았네만 종소리라니… 무스카리가 포인트였나?"

라파엘이 핵심을 콕 발라냈다.

"그걸 넣으니 종소리 이미지가 한결 나아졌습니다."

"아무나 할 수 있는 건 아니지. 지나치면 무스카리 노트가 되고 부족하면 종소리 이미지는 실패였을 테니… 가히 천재적인 어코드야."

"감사합니다."

"그런데 이 향수에는 또 다른 게 있어. 그렇지?"

"네."

"뭔가? 이 우유 향 같기도 하고 땀 냄새 같기도 한 건?"

"사람의 살냄새입니다."

"사람의 살냄새?"

"네."

"그런 것도 만들었단 말인가?"

"향수를 의뢰하신 분이 알레르기가 심해서요. 그분의 살냄새를 섞었더니 향수가 좀 순해졌습니다."

"자네다운 발상이군. 지상 최고의 시그니처가 되겠어."

"부족한 점은 없을까요?"

"그런 평 하려면 장 폴 겔랑이나 조 말론 정도는 되어야 하지 않겠나?"

라파엘이 또 웃었다.

"지금 내 연구소 창고에 남경수가 와 있네."

"네?"

"지보단 건 말일세. 이제 통보를 해야 할 것 같아서 말이야. 그래서 자네를 불렀네. 자네 앞에서 통보해야 남경수 마음도 편할 것 같아서."

"네……."

강토가 답하자 라파엘이 수화기를 들었다.

"가서 데려오게. 버릴 물건들 정리를 좀 맡겼는데 지금쯤 끝났을 걸세."

"알겠습니다."

강토가 복도로 나왔다. 창고 앞으로 가니 열린 문틈으로 경수가 보였다.

"애쓴다."

강토가 안으로 들어섰다.

"어, 강토야."

경수가 반색을 했다.

"힘들면 부르지 그랬냐?"

"아니야. 향수 포장이랑 빈 병이랑 통 같은 것들을 꺼내다 보니 먼지하고 때가 많아서 치우던 중이야."

"라파엘 교수님이 오라신다."

"그래?"

"미리 귀띔하는데 지보단 트레이니 통보하시려는 눈치야."

"너, 진짜 안 갈 거야?"

"응. 그건 처음부터 네 자리였어."

"……"

"감격할 거 없고, 이거 버릴 거면 내가 치워 줄게."

대화를 끝낸 강토가 박스를 집어 들었다. 그런데…….

와당탕.

박스 밑이 빠지며 온갖 잡동사니가 쏟아졌다.

"아, 그냥 두지. 박스 밑이 찢어진 건데……."

"미안……."

강토가 수습에 들어갔다. 그러다 한 물건이 눈에 띄었다. 거기 시선이 닿자 불에 맞은 듯 후각이 뜨끈해져 왔다. 때가 꼬질꼬질 묻은 삼나무 향료 갑이었다.

"왜?"

경수가 묻지만 강토는 대답하지 않았다. 갑을 뒤집는 순간 강토 이마가 서늘하게 식어 버렸다. 바닥에서 닳아 가는 글자의 흔적 때문이었다.

「ADELAIDE」

살짝 양각을 이룬 바닥 가운데의 'ELA'는 잘 보이지 않았다. 그러나 알 수 있었다. 삼나무에 밴 블랑쉬의 혼…….

먼지와 때를 대충 닦고 향료 갑을 열었다.

"아."

강토가 얼어붙고 말았다. 안에 든 건 리넨과 포마드였다. 누군가 멋대로 파낸 흔적이 있어 너저분한 형상이다. 하지만 그 누군가도 냄새만은 훼손하지 못했다. 오랜 세월을 따라 희미해졌지만 분명한 여자 냄새. 바랜 수선화 향이 되어 버린 이 냄새… 언뜻언뜻 찰나처럼 다가오다 손에 닿을 듯하면 흩어지는… 블랑쉬의 여자였던 아델라이드…….

블랑쉬의 삼나무 통 향수를 떠올린다. 그 향수에도 아델라이드의 향이 들어 있었다. 두 향을 맞춰 본다.

그 향이었다.

의심할 바도 없었다.

아델라이드…….

이것 때문이었을까?

학교로 오는 동안 까닭 모르게 두근거리던 가슴…….

"야, 왜?"

돌연한 상황에 경수는 어쩔 줄을 몰랐다.

"이거 버리는 거 맞냐?"

강토가 물었다.

"응. 교수님 친구분들이 보내 준 건데 쓸모가 없다고 하셨어."

"그럼 이거 내가 득템한다? 교수님께는 내가 말할게."

"어차피 버리려던 거니까 상관없어. 그런데 그게 뭔데 그렇게 골똘해져?"

"독특한 향이라서."

"너는 역시 다르구나. 내가 보기엔 별 냄새 없던데?"

"아무튼 고맙다. 이건 내가 치울 테니까 가서 손이나 씻어라."

경수 등을 민 강토가 잡동사니들을 긁어모았다.

그러다가 문득 삼나무 향료 갑을 바라본다. 향수는 아니지만 블랑쉬의 흔적. 경수가 너무 고마웠다. 조금만 먼저 쓰레기통으로 갔다면 영영 만나지 못했을 테니까.

지보단의 양보로 고마워하는 경수.

그 고마움보다 백배는 더 고마운 강토였다.

제5장
—
당신을 홀리는, 찰나의 향

아델라이드…….

어떤 사람일까?

흐읍.

이팝나무에 기대 가만히 향 분자를 후각망울에 밀어 넣는다. 그녀의 모습이 흐리게 그려진다.

후읍.

한 번 더.

아스라한 모습이 조금 더 선명해진다. 그렇다고 사진처럼은 아니다. 그래도 상관없다. 어슴푸레 떠오르지만 그녀를 알 것 같다. 블랑쉬가 좋아한 여자…….

혹시나 하고 더듬던 블랑쉬의 흔적. 과연 현존하고 있었다. 그러나 버려지는 함 속에서 처박혔기에, 이토록 약한 향이었기에, 강토의 후각으로도 탐색되지 않았던 것이다.

"윤강토."

정신을 놓고 있을 때 경수가 다가왔다.

"뭐야, 진짜?"

"어?"

"수상한데?"

그가 코를 들이민다.

"아, 씨… 별 향도 아닌데?"

경수 고개가 갸웃 돌아간다.

"사람 향이야."

강토가 향료 갑을 열어 주었다.

"이게 사람 향이라고?"

"좀 오래되었잖아? 가자."

경수 손을 끌었다. 그가 이해할 일은 아니었다.

"왔군?"

향수를 살피던 라파엘이 일어섰다. 그가 들고 있는 건 샤넬 NO.5였다.

"청소는 끝났나?"

라파엘이 경수를 바라보았다.

"네."

"수고했네."

"아닙니다. 강토가 도와줘서 바로 끝났습니다."

"두 사람, 이 향수 알지?"

라파엘이 향수를 들어 보였다.

"샤넬 NO.5 아닙니까?"

경수가 답했다.

"맞아. 혹자는 마릴린 먼로가 입고 자서 유명해졌다지만 이걸 유명하게 한 건 알데히드지."

라파엘이 향수병을 만지작거린다.

알데히드.

강토는 그 단어에 주목했다.

"알데히드는 탄소 원자 사슬 형태야. 사슬을 이루는 탄소 원자의 숫자에 따라 표기하고……."

라파엘이 메모장에 원소기호를 적는다.

C5, C6…….

"다들 알겠지만 C가 8개 미만이면 냄새가 좋지 않아 향수에 잘 쓰지 않지만 C가 여덟 개 이상이면 얘기가 달라지지. 바로 좋은 향으로 바뀌는 마법을 부리거든."

"……."

"마법은 여기서 그치지 않아서 탄소의 개수가 짝수이면 포근한 과일 향, 홀수이면 불쾌한 냄새… 화학적으로는 짝수이면 자유롭게 회전, 홀수이면 새침데기처럼 얌전하게 차렷. 알데히드는 정말 마법의 분자가 아닌가 싶어."

"……."

"남경수."

설명하던 라파엘이 경수를 호명했다.

"예, 교수님."

"지보단 트레이니 말이야."

"네."

"자네로 결정했네."

"네?"

"소문은 들었겠지만 이창길 교수님께서 이 결정을 나에게 넘겼네. 내 생각에 지보단에 가서 제 몫을 할 사람은 자네와 윤강토뿐이야."

"……."

"그런데 내가 보기에 지보단에 대한 열망은 윤강토보다 자네가 더 크네. 그래서 자네로 결정했네."

"……?"

경수가 강토를 돌아본다. 강토는 따뜻한 미소로 공감을 표했다.

"지보단에 대한 결정은 이것으로 끝이네. 돌아오는 실습시간에 공표를 할 걸세."

"……."

"내가 왜 두 사람 앞에서, 하필이면 알데히드 이야기를 한 줄 알겠나?"

"……."

"이렇게 함으로써 두 사람은 갈 길이 정해졌네. 알데히드처럼."

"……."

"샤넬 NO.5에서 불후의 세계를 이룬 알데히드… 그러나 그 알데히드도 C가 여덟 개가 될 때까지는 좋은 향이 나지를 않네. 어떻게든 여덟 개에 이르러야 한다는 거지."

"……."

"자네들 두 사람, 이제 남경수는 지보단이라는 거함에서 조향의 세계를 항해할 것이고 윤강토는 개인 요트로 시그니처의 세계를 개척해 갈 테지."

"……."

"어네스트 보는 샤넬 NO.5에 홀수 하나를 집어넣어 명품의 기하학적 신비감과 함께 밸런스를 구축했네. 정말이지 절묘한 어코드의 궁극이 아닐 수 없어."

"……."

"바라건대 두 사람이, 후대에 그런 절묘함으로 회자될 수 있는 명작 향수의 길로 향하는 출발점이 오늘이 되기를 바라네."

치잇.

라파엘이 샤넬 NO.5를 강토와 경수에게 뿌렸다. 지보단 트레이니에 대한 통보이자 갈 길이 다른 두 사람에 대한 축복이었다.

지보단 트레이니는 이날 과 공지로 공표가 되었다.
「지보단 트레이니 남경수」
공지를 본 강토가 1타로 댓글을 달았다.

─스위스와 유럽 조향계를 씹어 먹고 와라.

그 뒤로 은비와 차주희 등의 댓글이 폭풍처럼 이어졌다.
다음 날부터 진로 행렬이 이어졌다. 그라스로 유학 가는 학생이 두 명에 일본으로는 셋, 국내 조향 회사나 향료 회사로 세 명이 추천되었다. 그래 봤자 10명도 되지 않는다. 경수를 비롯해 유학 가는 사람이야 정식 취업이라 할 수 없으니 고작 3명이 취업을 한 것이다. 그것도 인턴으로.
조향은 아름답지만 취업은 빡셌다.
그 와중에 낭보가 들렸다. 상미 소식이었다.
"강토야, 다인아, 준서 옵빠, 나 합격."
수업이 끝나갈 때 상미가 환호를 질렀다.
"진짜?"
다인이 달려들었다.
"봐."

그녀가 합격 통지서를 보여주었다. 새로 생기는 향수 전문 공방이었다. 조향 전공자 셋을 뽑는데 상미가 낀 것이다.

"우와, 추카추카."

다인이 상미 목을 끼고 놓지를 않았다.

열혈 알바 소녀 배상미. 결국 해내고 말았다. 교수들조차 거들떠보지 않았지만 자신의 힘으로 바늘구멍을 뚫은 것이다.

"그런데 샹 다롬? 홍대 앞? 이건 못 듣던 공방인데?"

축하를 위해 뭉친 카페에서 다인이 회사의 홈페이지를 보며 말했다.

"줄리앙 선생님이 대표신데, 지보단 출신이래. 파리를 거쳐 로마, 뉴욕 등에서 활약하다가 올봄에 들어왔대. 거기서는 패션계를 중심으로 할리우드까지 시그니처 향수로 유명했대."

상미 설명이 불을 뿜는다.

"진짜?"

"미국의 유명 배우들하고 찍은 사진도 많더라니까. 가끔은 직접 한국에 오기도 한대."

"우와."

"그런 데를 뚫었단 말이야?"

준서도 대화에 들어왔다.

"내가 솔까 자백을 했거든. 나는 후각은 좀 약하다. 하지만 향수나 향 원료 설명 같은 건 자신 있다. 그리고 그동안 써 두

당신을 홀리는, 찰나의 향 175

었던 시향기를 다 꺼내 놓았어. 이판사판으로 말이야."

"그랬더니?"

다인이 더 다가앉는다.

"시향기 보더니 바로 합격 때려 주셨어. 어쩌면 선생님이 찾던 사람의 하나였다고."

"이야, 역시 될 사람은 되는구나. 상미가 제대로 찾아간 거 잖아?"

준서도 달아오른다. 이건 정말 노력의 결실이라고밖에 볼 수가 없었다.

"히잉, 다들 자리가 생기는데 나만 개털이네."

다인이 울상을 짓는다.

"야, 아직 시간 많이 남았거든. 옴니스 리더 할 때처럼 씩씩하게 뛰어 봐."

준서의 격려는 술이었다.

"그래, 씨… 어디 내가 일할 자리 하나 없겠어? 강토야, 나 힘 나는 향수 같은 거 없어?"

다인이 강토를 돌아보았다.

"있지."

치잇.

그녀 머리 위에 뮤게 향을 뿌려 주었다.

"좋다."

다인이 잠시나마 위로를 받는다.

"이게 은나래 시그니처야?"

상미가 물었다.

"응. 이제 진짜 코뮈넬 단계."

"알레르기 절대 금지 향수?"

"응."

"내 사회생활에도 알레르기 같은 거 없었으면 좋겠다."

상미가 소박한 소망을 고백한다. 돌아보면 험난한 학교생활이었다. 집안도 흙수저, 후각도 흙수저였다. 그렇기에 강토도 상미가 잘되기를 바랐다.

조향계의 전설이 된 세르주 뤼탕처럼.

그는 향수나 화학에 대해 교육을 받은 적이 없다.

처음에는 메이크업 전문가였다. 그러나 유행에 대한 안목과 향수에 대해 선지자적 식견이 있었으니 상미라고 그러지 말라는 법이 없었다.

학교에 가져갔던 뮤게 향수는 상미의 취업 축하 선물로 주었다.

"고마워. 힘든 일이 생기면 이 향 맡으며 힘낼게."

상미는 여전히 씩씩했다.

*　　　　　*　　　　　*

"강토 씨."

은나래가 방송국 밖으로 달려 나왔다. 강토는 나무 벤치 냄새를 맡고 있었다. 세월에 닳은 벤치는 정답다. 그 나무에 밴 주변 냄새들 때문이었다. 그리고 사람 냄새와 곰팡이 냄새들…….

많은 곰팡이가 해롭지만 향수나 와인에 있어서는 효자 노릇도 한다. 하긴 약도 그랬다.

"어때요?"

강토가 일어섰다. 뮤게 향 때문이었다. 그녀의 살냄새를 혼합해 완성시킨 뮤게. 그걸 오늘 선보인 것이다. 며칠 더 숙성하면 좋겠지만 성화 때문에 어쩔 수 없었다.

"대박."

은나래의 엄지가 부러질 듯 꼿꼿하게 섰다. 최고라는 뜻이었다.

"아오, 내가 진짜 강토 씨가 여자였으면 다 보여 주겠는데… 어깨하고 팔꿈치 안쪽, 허리 양 사이드 등에 뿌렸잖아요? 진짜 아무렇지도 않아요."

그녀가 어깨를 걷어 보였다. 발적의 흔적은 없었다.

"이거 진짜 신기하네. 그날 개기름 묻혀 달라길래 솔까 이건 또 웬 생뚱인가 했는데……."

은나래의 흥분은 가실 줄을 몰랐다.

"다행이네요."

"다행이라니? 그 정도로 될 말이 아니에요. 이건 이 은나래의 역사적인 순간이라고요. 나도 향수를 뿌릴 수 있게 되었잖아요?"

"……."

"게다가 피디하고 출연자들이 다 뒤집어져요. 특히 오늘 초
대 손님인 아이돌 애들, 어디서 샀냐고 꼬치꼬치 캐묻는데 그
순간 쩌는 자부심이란 진짜……."

"그렇게 좋으세요?"

"당연하죠. 나도 이거 내 인생 시그니처 할 거예요. 강토 씨
가 계속 만들어 줄 거죠?"

"문제없죠."

"이번에 몇 병 만들었어요?"

"지난번 따 간 체취가 약해서 세 병밖에 안 돼요. 계속 쓰
실 거면 체취를 계속 공급해 주셔야 해요. 안 그러면 발적이
생길 테니까요."

"그게 대수예요? 체취는 한 차라도 보내 줄게요."

"알겠습니다."

"그리고 강토 씨."

"네?"

"공방 안 차려요? 아니면 향수 회사라든지?"

"지금 준비 중입니다. 많이 도와주세요."

"당연히 도와 드리죠. 아니, 저를 공짜 모델로 쓰세요. 인증
샷이건 뭐건 다 도와 드릴게요. 강토 씨 실력이면 명품도 넘을
수 있을 거 같아요. 대신 제 향수는 독점 공급 알죠?"

"네."

"공방이든 회사든 차리면 내가 연예인들 다 몰고 갈게요. 이건 진짜 홍보해 줘야 해요. 다른 애들이 협찬 받고 홍보하는 거랑은 차원이 다르잖아요?"

"고맙습니다."

"아, 진짜… 향수 같은 건 그림의 떡으로 알았는데… 아, 진짜 이 뮤게 향… 미치겠다."

은나래는 향수병에서 코를 떼지 못했다.

"좋아하시는 걸 보니 뮤게하고 이미지가 딱이네요. 뮤게의 꽃말이 다시 찾은 행복이거든요."

"맞아요. 잃어버렸던 행복을 찾은 기분… 와우."

통장에 300만 원이 꽂혔다. 은나래가 즉석에서 이체를 한 것이다.

전 같으면 옴니스 멤버들을 호출해 치맥이라도 한잔할 판. 하지만 이제는 상황이 변했다. 상미는 수업이 있는 날을 제외하고 출근을 했고 다인도 향수 판매장에서 알바를 시작했다. 준서 역시 쇼콜라티에 매장을 갖기 위해 샘플 개발에 여념이 없었다.

바쁘기로 치면 강토가 더했다. 연예인들 쪽은 그럭저럭 연결 고리를 맞췄다. 그러나 가장 큰 미션이 남았으니 아네모네의 의뢰가 그것이었다. 연말 뉴욕에서 선보이는 신작 출시 기념회.

말하자면 진짜 관문이 남은 것이다.

「흰 아이리스」

지하철을 타고 가다 그 영감을 정리하기 위해 홍대 앞에서 내렸다. 이런저런 공방을 구경하고 수제 향수들도 구경을 했다. 향을 맡으니 대개가 오 드 뚜왈렛이거나 오 드 코오롱이었다. 어코드들도 불안정하다. 어린 여학생들이 호기심으로나 뿌려 볼 만한 제품들이다.

'상미?'

문득 상미 생각이 났다. 최근의 상미는 굉장히 피곤해 보였다. 여기까지 왔으니 커피라도 한잔 뽑아 주고 싶었다. 그녀가 좋아하는 아이스 애플 민트 티를 두 잔 샀다.

샹 다롬.

홍대 상점가에 있었다. 안으로 들어가려던 강토가 걸음을 멈췄다.

상미가 안에 있었다.

줄리앙이라는 사람에게 엄청 깨지고 있었다. 뭔지 모르지만 너무 심해 보인다. 질책 폭격은 10분 정도 계속되었다. 겨우 끝나자 상미가 구석으로 가서 주저앉는다. 한숨이다. 그 손에 강토가 준 뮤게 향수가 들려 있다. 그걸 코에 대고 숨을 고른다.

그냥 돌아섰다. 이런 날이라면 상미도 강토를 만나는 게 편치 않을 것 같았다.

'남의 돈 먹기 어렵지.'

'사회는 학교와 달라.'

할아버지 말이 스쳐 갔다. 그 말을 상미도 알고 있을까?

애플 민트 티 두 잔은 강토가 다 마셔 버렸다. 그녀가 힘을 내 주기를 바라면서.

집으로 돌아와 샤워를 마치고 다락방의 조향 오르간 앞에 앉았다.

아델라이드의 체취를 맡아 본다.

조금 빈 것 같던 영감이 씩씩해진다.

윤강토.

이제.

블랑쉬를 더 큰 무대, 뉴욕으로 보낼 시간이야.

마침내 아이리스 향수 제조에 돌입이었다.

*　　　　*　　　　*

반짝이는 햇살 같은 오시롤.

그리고 찰나의 환상 아델라이드.

두 영감이 하나로 만났다.

조향 오르간에서 향료들을 뽑았다. 아이리스와 치자꽃 향료다. 영감을 따라 구도를 잡는다. 아이리스. 미치도록 강조하고 싶었던 아이리스. 찰나 같은 감동을 위해 아이리스를 숨겼다. 치자꽃과 수선화를 앞세우는 것이다. 아이리스의 강조를 위한 배경이다. 분량을 결정한다. 아련한가 싶으면 물결치고 물결인가 싶으면 바람이 되는…….

향수에는 여러 갈래가 있다.

—세련된 향수.

—화사한 향수.

—아름다운 향수.

—우아한 향수.

—빛나는 향수.

—사랑스러운 향수.

이 향수에 대한 선택에는 10초의 법칙이 존재한다. 첫 시향 후에 10초, 그것으로 구매 선택이 결정되는 것이다.

그 10초의 출발은 알코올이다. 향수를 뿌리면 일단 시원한 알코올 냄새부터 다가온다. 그 꼬리에 상큼하거나 플로럴한 향이 이어진다.

관심의 출발은 여기부터다. 이어 시원하거나 감미로운 향, 혹은 포근하고 파우더리한 향이 등장해 시선을 사로잡았다. 마무리는 하트노트에 달려 있다. 앞선 향조들보다 더 매력적이라면 선택을 받는 건 어렵지 않다.

이 환상들이 한바탕 몽환을 이루고 지나가면 드라이한 향으로 향수의 일생이 마감된다.

향이 변하는 건 냄새 분자의 체급 때문이다. 시향지에 묻은 향 분자들은 체급별로 날아간다. 가벼우면 블로터에 닿기 무섭게 날아가고 무거운 것들은 끝까지 남는다.

조향사들은 이 과정을 컴퓨터처럼 계산한다.

최대의 변수는 체온이다. 향 분자는 따뜻한 것을 만나면 격렬하게 발산을 한다. 반대로 아주 차가운 상태에서는 거의 향을 내지 않는다.

치잇.

아네모네에서 보내 준 참고용 향수들도 블로터에 내려앉았다.

그 블로터를 한 손에 잡았다. 부채를 펼친 모습이다. 프로 조향사들에게서 볼 수 있는 일이지만 강토도 이제 어색하지 않았다.

가볍게 스치며 향을 탐색한다. 블로터에 햇살이 내려온다. 햇살을 받은 향 분자들이 은빛으로 반짝이더니 작은 미립자가 되어 너울거린다. 다시 눈을 감은 채 향 분자의 율동과 보조를 맞춘다.

'벤조인과 인센스……'

톱노트로 쓰인 향료다. 최근 들어 인센스를 쓰는 경향이 늘고 있다.

'알데히드와 네롤리……'

톱노트 위에 미들 노트가 딸려 온다. 여기서는 네롤리가 포인트다. 이 조향사 역시 아이리스가 성스러운 꽃임을 알고 있는 것이다. 그렇기에 성스러운 시트러스 향으로 알려진 네롤리를 매칭시켰다. 이게 아니라면 베르가모트도 좋았을 구성이었다.

아이리스는 베이스노트에 들어갔다. 시더우드와 짝을 지어 상쾌하고 촉촉하다. 시더우드와의 매칭은 벤조인 때문이다. 둘은 궁합이 잘 맞는다.

전체적으로는 막 단장이 끝난 저택, 햇살이 잘 드는 침실의 침구 이미지다. 냄새가 너무 좋아 누워 보고 싶은 풍경. 거기 맨살로 누우면 포근한 파우더리가 실크가 되어 피부를 감쌀 것만 같았다.

사삿.

플라스크 두 개를 꺼내 놓았다. 하나는 그대로 두고 남은 하나에 포도주 주정을 부었다. 블랑쉬가 즐겨 쓰던 용매였다.

일회용 스포이드로 오시롤과 베티베르를 떨궈 본다. 올리바넘도 들어가고 헬리오트로프도 들어간다. 하나의 콘센트레이트 위에 다른 향이 떨어질 때마다 향 분자들이 너울거리며 피어오른다. 안개를 밟는 발을 생각해 보라.

치자와 수선화가 들어가고 아이리스는 마지막에 넣었다.

그 위로 주정을 부었다. 향들이 놀라지 않게 벽을 타고 내려보낸다. 각각의 향들이 주정 안에서 유영을 한다. 어떤 향은 천천히, 또 어떤 향은 빠르게 움직였다.

미리 주정을 부어 둔 플라스크에 같은 향을 떨구었다. 과정을 마친 후에 살짝 흔들어 냄새를 맡는다. 베티베르를 조금 더 넣어 보기도 하고 치자 향을 추가하기도 한다. 그러다 마침내 아이리스 주스를 두 배 가까이 쏟아부었다.

향은 괜찮았다.

그러나 마음에 들지 않았다. 첫 10초를 책임질 순박한 향은 약했고 아이리스 역시 깊은 맛이 나지 않았다. 개수대로 걸어가 뜨거운 온수를 튼다. 그 증기 위에서 다시 시향을 한다. 향 분자가 격하게 반응을 한다. 마치 뜨거운 기름에 물이 떨어진 분위기였다. 오시롤이 파워풀하게 작동을 한다. 향수 속에 해가 뜬다. 그 햇살이 전체 향을 흔드니 향 발산의 속도감이 놀랍도록 빨라졌다.

플라스크를 놓고 바삐 움직인다. 감귤 향부터 더했다. 여전히 불만스럽다. 흰색 감귤 향으로 바꾼다. 그러자 향기가 조금 나아졌다.

다음으로 정제수에 미량의 우유와 엷은 나무 향을 섞었다. 향에 애틋함을 더하려는 의도였다.

그걸 플라스크 안에 떨구고 다시 시향 했다.

'으음……'

애틋하던 강토 표정이 조금씩 숭고해진다.

헬리오트로프에 이어 오시롤을 조금 더 추가한다. 그제야 감귤 향이 제대로 필을 받는다. 햇살을 받은 은가루처럼 숭고

하게 반짝이는 것이다.

그럼에도 햇살의 힘이 약했다. 강토가 그리려는 향은 찰나의 햇빛이었다. 유럽의 향수들보다 더 유럽 같은 아이리스. 그렇게 집중되는 하이라이트. 톱노트가 날아가기 전에 투명한 햇살로 열리는 아이리스의 파우더리한 세상. 그때 언뜻, 환상처럼 열리는 동양적인 신성(神聖)과 몽환의 신세계… 그 찰나의 몽환……

그러나 몽환은 펼쳐질 듯하다 무너지고 보일 듯하다 사라졌다.

베티베르와 올리바넘으로 받쳐 본다. 그래도 변화는 미미했다. 쿼놀린과 페르시콜로 활력을 더해도 큰 변화는 없었다.

문제는 아이리스였다. 피렌체 아이리스처럼 우수한 향이 아니다 보니 오시롤의 운율에 맞추지 못하는 것이다.

'피렌체 아이리스라면.'

아이리스 향 중에서도 최고로 꼽히는 피렌체 아이리스. 아네모네에 요청할 수 있었다. 그도 아니면 라파엘 교수에게 미량 빌려 쓸 수도 있었다. 그러나 강토는 자신이 세운 기준을 거스르지 않았다. 이 조향 오르간 안에서 피렌체 아이리스를 만들려는 것이다.

어떻게?

재료는 이미 다 갖추고 있었다.

「아이리스+흙 향, 포도 향, 세이지, 사이프러스, 너도밤나무,

타임, 민트, 바질」

제법도 알고 있다.

물론 쉬운 일은 아니었다. 같은 물감을 주어도 어떤 화가는 평범한 색채를 만들고 또 어떤 화가는 명작을 만든다.

일단 아이리스 오일부터 재증류했다. 향을 조금 더 가다듬는 것이다. 그런 다음, 나머지 향료를 섞어 가며 향을 조절했다. 우수한 피렌체 아이리스에는 아이리스 향만 나는 게 아니었다. 자연에서 묻은 냄새들은 아이리스에 품격을 더한다. 아네모네가 향 추출법에 쓰던 방법이지만 블랑쉬에게는 이미 몸에 밴 일들이었다.

예를 들면 황수선화 같은 향은 수선화를 중심으로 재스민과 월하향, 제비꽃 잎을 섞으면 거의 완벽하다. 물론 이 방법에는 조향사의 능력이 절대적이었다. 향 분자에 대한 정확한 판단에 더불어 직관이 필요한 것이다.

향을 다듬은 후에 냄새 분자를 확인했다.

좋았어.

강토 표정이 밝아졌다. 손길 한 번 더 간 차이가 이렇게 무섭다. 라파엘 교수가 선보였던 피렌체 아이리스 향에 뒤지지 않았다.

플라스크를 든 채로 온수를 틀었다. 주변 온도를 올려놓고 시향을 한다.

"아."

강토 시선이 멈췄다. 은빛으로 반짝이는 햇살을 본 것이다. 향수를 느끼는 건 후각이지만 찰나의 몽환은 제대로였다. 기막힌 유럽식 아이리스 안에 깃든 동양적 찰나의 몽환…….

아주 좋았어.

영감이 제대로 왔다.

어코드를 탐색했다.

오시롤이 활력을 이루는 그 포인트. 가능성을 보았으니 실용을 찾으려는 것이다.

ON.

OFF.

미량을 더하고 빼며 접전을 찾았다. 정지 때의 향과 움직일 때의 향… 그거면 굳이 주변의 온도를 올릴 필요도 없었다.

미량과 미량 사이에서 길을 찾았다.

강토 손이 빨라지기 시작했다.

참백나무 향을 묽게 희석해 신선한 우유와 섞었다. 이어 평범한 아이리스에 여러 냄새를 더해 피렌체 아이리스에 못지않은 향을 만들었다. 아까 시도한 제법을 그대로 썼다. 흙냄새와 포도 향, 세이지, 사이프러스, 그리고 바질 등등…….

두 가지의 준비가 끝나자 아이리스 향에 필요한 원료의 준비는 완료되었다.

「톱노트-흰색 감귤, 수선화, 치자 향, 우유와 참백나무로 만든 향」

「하트노트—아이리스, 헬리오트로프」

「베이스노트—머스크, 베티베르, 올리바넘, 오시롤」

마지막으로 변조제와 조화제의 임무는 퀴놀린과 페르시콜에게 부여했다.

'그럼 시작해 볼까?'

강토가 블랑쉬의 삼나무 향수를 돌아보았다. 오늘 가져온 아델라이드의 향 갑은 그 옆에 붙어 있다. 용량은 아네모네의 주문보다 두 병 더 많게 맞췄다. 한 병은 블랑쉬에게 헌정, 또 한 병은 강토 보관용이었다.

머스크와 올리바넘이 차례로 들어갔다.

아이리스와 헬리오트로프도 투하되었다.

우유와 나무로 만든 향에 이어 치자 향과 수선화와 퀴놀린이 들어간다. 톱노트 중에서는 흰색 감귤이 마지막이었다.

흐흠.

플로럴의 조화를 느껴본다. 좋다. 숨 막히도록 좋다. 하지만 조금 더 강조하고 싶었다. 여리여리한 플로럴의 심연, 그 깊은 곳까지 사람들의 감성을 끌고 오는 것.

「살리실산벤질」

강토 직관이 에스테르에 꽂혔다. 서양 고전 향수에서 빠지지 않는 단골손님. 기왕 저들 코드를 맞추는 것이니 극미량을 더해 여리여리한 플로럴의 극치를 이루었다.

마지막으로 남은 건 오시롤이었다. 샌들우드 향을 가진 오시롤. 원래는 베이스노트에 해당하니 처음에 넣었어야 했다. 하지만 상관없었다. 강토는 향의 순서를 바꾸어 다룰 능력이 있었다. 게다가 오시롤은, 햇살이었다. 마지막에 들어가 향 분자들을 아우르고 품는 게 옳았다.

두근.

오시롤 차례가 되자 가슴이 뛰었다.

블랑쉬.

보고 있어?

이제부터 조향의 세계는 네 것이 되는 거야.

동시에 내 것.

톡.

마침내 오시롤이 플라스크 안으로 떨어졌다.

파우더리한 세계에서 해가 떠올랐다.

굉장히 투명한 해였다. 너무 투명해 사물의 속이 다 비칠 것만 같았다. 거기 블랑쉬가 있었다. 아델라이드와 함께였다. 둘은 영화에서 보던 귀공자와 귀공녀처럼 환상적이었다.

강토가 다가갔다. 그러자 두 사람은 하얀 아이리스 꽃밭으로 바뀌어 버렸다.

"블랑쉬."

강토가 부르자 햇살이 은빛 가루가 되어 휘날렸다. 지상의 아이리스들도 흰 가루가 되어 은빛 가루와 뒤섞인다. 강토는 그 가운데 서 있다. 은가루들이 하늘로 날기 시작했다. 그리고 찬란한 은가루들이 다 사라졌다고 생각되었을 때 그 가루들이 향수가 되어 내려왔다.

아이리스 향이었다.

지상에서 가장 숭고한 아이리스 향.

강토의 몸에 닿자 무지개 냄새가 났다.

무지개.

그것도 아이리스의 일부였다.

질이 좋은 뿌리로 만든 아이리스는 무지개 향이 난다. 강토가 섞은 몇 가지 냄새가 바로 그것이었다. 무지개 사이에서 다시 투명한 햇살이 떠올랐다. 이제는 강토가 아이리스가 되었다. 머리부터 발끝까지 포근하게 변해 가는 느낌이 좋았다.

아이리스.

그 단어를 중얼거리자 세상이 파우더리로 변했다. 숨 막힐 듯 아름다운 파우더리였다. 손을 내밀다 잠을 깼다.

할아버지 냄새가 끼쳐 왔다. 강토는 아이리스 향을 완성하고 잠이 들었다. 오랫동안 강토의 기척이 나지 않자 걱정이 된 할아버지가 다락방 문을 연 것이다.

"괜찮냐?"

할아버지가 물었다.

"그럼요."

벌떡 일어나 인체의 발향점에 향수를 찍어 발랐다. 온수 대신 걸었다. 조금 빨리, 혹은 정지……

아아.

강토는 느꼈다. 체온이 살짝 올라갈 때마다 순결한 플로럴과 투명한 파우더리의 신박함. 헬리오트로프로 인해 파우더리의 몽환은 관능으로 승화되고, 그 향이 빚어내는 아련한 무지개는 신성이 되었다. 그 무지개를 타고 떠오르는 오시롤이 만든 햇살. 순백의 톱노트 뒤에서 반짝, 반짝, 반—짝……

거부할 수 없는 애틋함에 돌아보는 순간 남성적인 향조인 올리바넘의 힘으로 잡아채는 주목성… 그 순백의 주목성에 페르시콜의 활력과 퀴놀린이 더해지면서 찰나의 도발을 감행하는 섹슈얼 아이리스. 오시롤이 펼치는 햇살 속에서 베티베르와 올리바넘이 성스러움을 입히니 치명적인 관능조차 한 편의 환상이 되고 있었다.

유럽 정통 스타일의 아이리스에 깃든 동양의 신비 한 점.

화룡점정으로 승화되는 찰나의 센슈얼.

그 이미지였다.

마치 한 순간, 신성한 햇살 속에서 찌든 때를 씻어 낸 듯 맑아지는 마음.

그 가운데서 만나는 아이리스 특유의 섹슈얼 도취.

신들의 정령이라는 아이리스의 이미지를, 고흐의 명화 아이리스보다 더 환상적으로 승화시킨 작품이었다.

「아이리스―당신만의 센슈얼 판타지」

강토가 구현한 신세계.

히든카드로 쓰인 햇살 작용의 오시롤은 또 하나의 영감을 불러왔다.

오 팀장의 달빛 향수 옥잠화였다.

그걸 연결하면 손윤희의 짝꿍 향수처럼 쓰일 수 있었다.

더 기가 막힌 건 아직.

이 향이 숙성되기 전이라는 것.

제6장

―

향의 위엄

목련 하고 말하면
마음이 하얗게 물들어요.

방 시인의 얼굴에 우아가 가득하다. 이제는 익숙한 얼굴이
면서도 아무 데서나 보지 못하던 표정이었다. 그녀는 시인이
다. 그렇기에 시를 빚어내는 자리에서 가장 빛나는 것이다.

연약한 패랭이.
러시아의 동굴에서 만년의 기지개를 켜고

그녀 앞에 앉은 시인 황남조가 시를 이어 간다.

그리워라 나의 시절
봄날 지는 복숭아 꽃잎처럼 기약 없이 멀어지네.

방 시인이 시를 받더니

5월 감귤꽃
다시 그리운 어머니 소매 향

황남조의 마무리로 끝을 맺었다.
강토 마음은 어느새 한 모서리가 젖어 버렸다. 화학의 시이자 기억의 시인 향수로도 형언하기 어려운 서정의 향연이 거기 있었다. 가만히 읊조리니 저절로 심쿵하는 것이다.
짝짝.
황남조가 낭송을 마치자 소리 없는 박수를 보냈다. 뜨락의 우리 꽃들은 은은한 향 발산으로 환호한다. 방 시인의 뒤뜰이었다. 산국과 구절초 향조차 시를 향해 귀를 기울이고 있었다.
시인의 초대를 알린 건 할아버지였다. 마장동에서 송아지 기름과 신장 기름 두태를 받아 오기 무섭게 친절 모드로 나왔다.

"강토야."

귀가 간지러울 정도였다.

"부탁 있죠?"

강토가 모를 리 없었다.

"저기 방 시인 있잖냐?"

할아버지 목소리는 달달한 향의 엔젤트럼펫 노트보다 달콤하게 이어졌다.

"오늘 귀한 손님이 오는데 시간 좀 되냐고 묻더라."

그게 바로 초대장이었다. 방 시인이 할아버지에게 청탁(?)을 한 모양이었다. 강토를 보고 싶어 하는 사람이 있다고 했다.

시계를 보았다. 아네모네 차 선생을 부른 까닭이었다. 향수가 나오길 목 빠져라 기다리고 있으니 완성품을 확인시킬 생각이었다. 시간이 좀 남았다. 할아버지를 봐서 수락을 했다. 안 그러면 병이 날 수 있었다.

5월 감귤꽃
다시 그리운 어머니 소매 향

기막힌 시상이었다. 오기를 잘했다는 생각이 들었다.

"내가 가장 아끼는 후배 시인이에요. 신춘문예 심사할 때 응모자였는데 어느새 문단의 대표 시인이 되었잖아."

방 시인이 황남조의 손을 잡는다.

"대표라뇨? 당치 않습니다."

손을 젓는 그녀의 미소가 단아했다.

"전에 강토 씨가 나온 방송을 봤어요."

그녀가 강토를 바라보았다.

"손윤희… 저도 좋아하던 연기자였거든요."

"네…….'

"세상의 모든 냄새가 다 악취가 되는 불치병…….'

"…….'

"굉장히 힘든 시간이었을 것 같아요."

"그랬던 것 같았습니다."

"엊그제 인터뷰 나오는 거 봤는데 정말 행복해 보이시더라고요."

"네."

"어떻게 그렇게 향수를 잘 만들어요? 천재 같아요."

"아닙니다."

"저는 향수를 잘 몰라요."

"향수는 알 필요 없어요. 그냥 냄새니까 즐기면 됩니다."

"냄새…….'

"코가 시키는 대로 느끼면 그만이죠."

"그래도 톱노트니 미들 노트니… 게다가 퍼퓸에 뚜왈렛, 코롱… 어쩌다 해외 나갈 때 면세점 들르면 향수 보게 되잖아요? 판매원들이 막 설명을 하는데 다 그게 그거 같아서요."

그녀가 웃었다.

50쯤 되었다. 체취를 보니 향수는 즐기지 않는 모양이었다.

사진 속 엄마 생각이 났다.

3살.

엄마와는 그때 헤어졌다. 사고 후에 강토 앞에 선 건 할아버지였다. 눈시울을 붉히며 이상한 옷을 입혔었다. 상복이었다. 엄마는 좁은 상자 안에 누워 있었다. 엄마가 웃는다면 옆에 눕고 싶었다. 하지만 거긴 따라 누울 수 있는 곳이 아니었다.

이별.

어린 마음에도 알 수 있었다.

다시는 엄마를 볼 수 없다는 걸.

강토는 그 앞에서 뚝뚝.

소리도 없이 눈물을 흘렸다.

이제는 하얗게 지워진 엄마의 기억. 황남조에게서 잠시 엿볼 수 있으니 행운이었다.

잠깐 향수 설명을 해 주었다. 그녀는 마치 문학소녀처럼 귀를 기울이며 받아 적었다. 유명한 시인이 설명을 적으니 쑥스럽기도 했다.

"그렇군요. 가볍고 시원한 계열이 프레쉬와 시트러스, 그 반대편 향이 파우더리나 우디……."

"네."

"그럼 코박쿵이나 엘리베이터 컷은 뭐죠? 후배들이 가끔 그런 말을 하던데."

"오 드 코롱 같은 경우, 더구나 프레쉬나 시트러스 노트일 경우, 뿌리기 무섭게 날아간다는 뜻이죠. 엘리베이터를 타고 나오는 동안에 사라졌다. 코박쿵은 사라지는 향수 냄새를 맡으려고 코를 박고 쿵쿵거린다는 것인데 역시 향수가 약할 때, 혹은 너무 좋아서 코를 박고 음미할 때 쓰는 말입니다."

"아."

그녀의 질문은 몇 가지 더 이어진다.

"향수는 한 번에 몇 번을 뿌려야 하나요? 어디에 뿌려야 하나요?"

이건 향수 블로그나 카페 등에서 자주 보던 질문이다.

한 번?

두 번?

세 번?

정답은?

한두 번씩 여러 부위가 좋다.

샤워하고 물기를 닦은 후.

오래가기를 원하면 허리 쪽.

맥박이 잘 뛰는 곳.

가급적이면 옷에는 뿌리지 말 것.

몇 가지 팁을 주었다.

"닥터 시그니처라더니 정말 향수 박사네요."

그녀가 하얗게 웃었다.

그 웃음이 차를 마시는 순간에 애잔하게 변했다. 그때야 알았다. 지금까지 물어본 향수 이야기들. 그건 이제부터 나올 이야기를 위한 준비운동이었음을.

"혹시……."

"……?"

"조금 전에 제가 읊은 시 말이에요."

5월 감귤꽃
다시 그리운 어머니 소매 향

"그거요?"

"그새 기억하네요?"

"서정이 너무 선명해서요."

"고마워요."

"……."

"손윤희 씨 향수하고 은나래 씨 향수에 얽힌 사연 말이에요. 우리 방 선생님께 들었는데… 굉장하더라고요. 향수를 잘 모르는 저지만 다른 향수하고는 격이 다른 것 같아요. 혼이 담겼달까?"

"……."

"그래서 묻는 건데 혹시… 제 시를 향수로 만들 수도 있을까요?"

"……?"

주목하던 강토가 시선을 들었다.

시를 향수로?

시를?

"우리 황 선생이 사연이 있거든."

강토가 골몰하는 사이에 방 시인이 대화에 들어왔다.

사락.

황남조가 고운 보자기를 풀었다. 안에서 남자 것으로 보이는 낡은 면 셔츠가 나왔다.

그런데.

셔츠에 밴 향이 남자 것이 아니었다.

"여자 옷이네요?"

강토가 중얼거렸다.

"아네요?"

황남조가 소스라친다.

"희미하지만 감귤 향이 납니다."

"하느님 맙소사."

황남조가 격정에 겨워 셔츠를 끌어안는다. 차분하던 그녀의 눈은 시더우드 향보다도 촉촉하게 변한 후였다.

"그렇다고 했잖아."

방 시인이 그녀의 어깨를 감싸 준다. 사연이 깊은 셔츠가 분명했다.

"이 옷… 돌아가신 어머니 거예요."

황남조가 셔츠를 펼쳤다.

풀썩.

세월 속에 삭아 가던 감귤 향이 공기 속으로 흩어졌다.

하지만 아무리 봐도 남자의 셔츠.

그 사연을 황남조가 풀어놓았다.

그녀가 난 곳은 제주도였다.

감귤 농장을 하는 집안에서 외동딸로 태어났다. 더할 것도 덜할 것도 없이 좋았다. 아버지의 경운기가 사고가 나기 전까지는.

아버지는 사고로 다리 하나를 잘랐다. 평생을 의족을 차고 살았다. 그 짐은 고스란히 어머니의 몫이 되었다.

아버지는 원래 글을 좋아했다. 대학을 마치고 기자가 되었다. 그러다 정권의 불미스러운 압력이 들어오자 사표를 내고 귀향을 했다. 사고도 그 영향이 컸다. 기자만 하던 사람이 농사를 지으려니 시골길 경운기 운전이 익숙하지 못했다.

아버지의 글재주. 황남조가 그 DNA를 받았다. 초등학교 때부터 두각을 나타냈다. 글짓기 대회를 휩쓸었다. 하지만 그녀는 어렸다. 글짓기 대회나 문학 낭송 대회가 열리면 괴로웠다. 자기만도 못한 아이들 부모는 다 반듯하게 차려입고 오는데 아버지는 목발을 짚고, 어머니는 허름한 작업복 차림이었다.

"차라리 오지 마세요."

어린 마음에 폭탄선언을 했다.

그러던 어느 날이었다.

읍내에서 도 대회가 있었다. 당연히, 학교 대표로 참가하게 되었다.

그날도 집안 풍경은 같았다. 아버지는 다리를 절며 밀감을 골랐고 어머니는 새벽부터 아버지 셔츠를 입고 감귤을 따고 있었다. 어머니의 옷은 언제나 같았다. 가까이 가면 찌든 밀 감 냄새가 났다. 그때는 그랬다. 말할까 말까 고민했지만 결국 입을 닫았다.

대회가 열렸다.

황남조의 차례가 되었다. 단상으로 올라가 시를 발표했다. 도지사도 오고 교육청 간부들, 문학가들에 교장, 교감선생님 까지 빼곡한 운동장이었다. 발표를 끝내고 인사를 했다. 그렇 게 고개를 들 때였다. 저 뒷줄에서 낯익은 모습이 어린 황남 조의 시선을 당겼다. 어머니였다. 어떻게 알고 온 걸까? 손에 는 꽃다발을 들고 있었다. 하지만 그 옷이었다. 작업복으로 쓰 는 아빠의 셔츠. 멋대로 걷어 올린 그 소매. 단상까지도 풍겨 오는 찌든 감귤 향.

대상을 받았지만 황남조는 단상으로 나가지 않았다. 어머니가 올라올까 두려워 도망친 것이다. 집으로 돌아와 문을 잠갔다. 어머니는 한참 후에야 돌아왔다.

바스락.

잠긴 문 앞에 꽃다발을 놓는다. 어머니는 다시 집 앞의 감귤 농장으로 나갔다. 그날 어머니는, 12시가 다 되어서야 일을 끝냈다. 대회장을 다녀오느라 밀린 일 때문이었다.

그 일은 조금씩 잊혀 갔다.

황남조가 서울 유학을 온 것이다. 서울에서 대학을 마치고 결혼을 했다. 살림도 서울에 차렸다. 부모님과 만나는 날이 줄어드니 그 작업복에 대한, 찌든 감귤 향에 대한 애증도 잊었다.

세월을 따라 어머니가 떠났다. 아버지가 혼자 남으니 서울로 모셨다. 지난해 그 아버지가 폐암 진단을 받았다. 수술에 방사선치료까지 했지만 전이가 심해 낫지 않았다. 의료진마저 포기하니 어쩔 수 없이 요양병원으로 모셨다.

어느 날 아버지가 황남조에게 말했다. 책상 서랍에 있는 작은 상자를 가져다 달라고. 심부름을 하면서 상자를 열어 보았다. 특별하게 잠긴 게 아니었기 때문이었다.

"……!"

황남조는 얼어붙고 말았다.

그 옷이었다.

향의 위엄 207

돌아가신 어머니가 10여 년이나 입었던 그 찌든 작업복 셔츠.

"아버지."

상자를 건네준 황남조는 말을 잇지 못했다.

"봤구나?"

병상의 아버지가 물었다.

"이걸 왜?"

"네 엄마가 거기 있으니까."

"아버지⋯⋯."

"내가 다리를 다친 후로 평생 고생만 시켰잖냐? 낡고 더럽지만 나한테는 네 엄마의 상징이야."

"아버지⋯⋯."

황남조의 만감이 교차하는 동안 아버지는 셔츠의 체취를 맡았다. 하지만 이내 슬픈 표정이 되었다.

"암 때문인지 네 엄마 냄새가 나지 않는구나."

아버지의 미소가 허전했다. 폐암 진단 후로 후각이 약해졌다. 게다가 어머니가 죽은 지 10년이 넘었다. 옷에 남은 체취는 날마다 희미해졌을 테니 무리도 아니었다.

아버지가 잠든 사이 황남조가 병원 앞 벤치로 나왔다. 손에는 어머니의 셔츠가 들려 있다. 햇살이 반짝반짝 셔츠에 떨어졌다.

냄새에는 추억 소환 능력이 있다. 그 마법에 황남조가 걸렸다.

한순간 환상처럼 어머니 냄새가 피어올랐다. 아버지 대신
농장을 도맡은 어머니. 그 덕분에 대학까지 공부했던 황남조.

그 앞에.

그날.

읍내에서 열렸던 도 대회가 떠올랐다.

어머니가 거기 서 있다. 마치 그때처럼.

피곤한 얼굴에 미소를 머금은 채.

꽃다발을 소중하게 안고서.

오늘은.

황남조가 달아나지 않았다.

그대로 걸어가 그 꽃을 받았다.

엄마.

미안해.

내가 잘못했어.

셔츠에 대고 황남조가 말했다.

"방 선생님의 위로 전화를 받고 이런저런 이야기를 하다가
알았어요. 강토 씨가 그 이웃에 산다는 거. 강토 씨가 기막힌
재주가 있다는 거."

마음을 다스린 황남조가 강토를 바라보았다.

"혹시 아까 제가 낭송한 시……."

"네."

"이 셔츠가 주제였어요. 향을 살릴 재주는 없기에 시를 쓴 거죠."

"……."

"될까요? 이 셔츠에 남은 어머니의 향……."

"향수로 말이죠?"

"우리 아버지 상태는 최악이에요. 폐암 말기라 나날을 고통 속에 사시는데 세상을 떠날 날이 머지않았어요."

"……."

"처음에는 아버지를 위해 생각한 건데… 이 셔츠에 코박쿵? 그걸 하면서 깨달았어요. 어쩌면 이 셔츠에 남은 어머니의 향, 세상 저편의 향보다 더 아스라하지만 그리운 그 향. 그걸 원하는 게 나라는 걸."

"……."

"어려운 줄은 알아요. 어쩌면 말도 안 되는 것도. 하지만 비슷하게라도 만들어 주면 고마움은 잊지 않을게요. 사례도 충분히 하고요."

셔츠를 건네는 황남조의 손이 파르르 떨렸다.

강토가 셔츠를 받아 들었다. 소매와 목덜미에 후각을 겨누고 집중해 본다.

감귤 향이 아련하다. 아련함 속에서 여러 향 분자를 감지한다. 감귤나무를 시작으로 잎사귀와 감귤, 그 알갱이의 냄새까지. 어쩌면 제주도의 햇살과 끈적한 바다의 냄새도.

"아버지께서 위독하시다고요?"

셔츠를 보며 강토가 물었다.

"네."

"그럼 기다리세요."

셔츠를 든 채 강토가 일어섰다.

"저기……."

황남조가 손을 내민다. 다짜고짜 일어서니 황당한 모양이었다.

"어머니의 체취가 담긴 향수가 필요하다면서요?"

"네."

"지금 향수 만들러 갑니다."

지금 당장.

강토의 답이었다.

*   *   *

체취.

또 하나의 지문이다.

사람마다 다르다.

황남조처럼 문학으로 가자면 선천적으로 향이 아름다운 사

람이 있다. 황남조 어머니의 향은 감귤 향에 잘 어울리는 쪽
이었다.

림빅을 떠올렸다. 장기 기억에서 가장 중요한 역할을 맡은
히포캠퍼스를 가지고 있다. 덕분에 우리는 오래전에 맡은 향
을 강하게 기억할 수 있다.

황남조 어머니의 셔츠에 남은 체취는 사실 굉장히 약했다.
보통 사람이라면 코박킁을 해도 쉽게 맡기 어렵다. 그럼에도
불구하고 어머니의 감귤 향을 기억하는 게 바로 히포캠퍼스
의 힘이다. 냄새는 기억을 불러오는 능력이 탁월하다. 오감 중
의 어느 것보다 뛰어나다.

그러나 이런 냄새는 단일 노트로 이루어지지 않는다. 감귤
에는 어머니의 땀이 배었다. 감귤 나뭇가지와 잎사귀는 물론,
주변의 흙과 바다 냄새도 들어간다.

그러나 강토는 이 일에 이미 유경험자였다.

은나래의 체취를 향수로 옮겼고 그 냄새 분자를 분해해 다
른 향으로 재조합도 해 보았다.

일단은 셔츠부터 시작했다.

그나마 체취가 강한 부분을 찾아 알코올로 세척을 했다. 냄
새 분자를 모으는 것이다. 그러자 냄새가 조금 나아졌다. 강
토의 기준이었다. 일반인들이라면 딱히 냄새랄 것도 없이 약
한 체취. 하지만 강토에게는 이 기준이 있으면 못 할 게 없었
다.

은나래 때 썼던 사람 향 추출 기법을 동원했다. 생활 주변에서 나는 냄새들에 몇 가지 향 원료를 더해 섞었다. 거기에 내추럴 노트의 '아쿠 존'을 더하고 현무암 냄새에 가까운 향료를 섞었다. 제주도 감귤 농장들은 대개 현무암 담장이다. 셔츠의 체취에도 그 향이 미량 들어 있었다.

그런 다음에야 사향을 집었다.

'부탁해.'

총정리를 맡긴다.

사향은 그 위엄 그대로 잡내를 날려 주었다.

최종 마무리는 하트노트가 될 셔츠의 향이었다. 감귤 노트 중에서 가장 유사한 것을 골랐다. 거기에 페티그레인을 넣어 감귤 향의 숨을 살짝 죽였다. 페티그레인의 위엄이다. 감귤 향이 너무 강해 거부감이 들 것에 대한 방지책이었다. 황남조와 그 아버지의 기억에 남은 어머니의 감귤 향은 빛바랜 노랑처럼 아련해야 옳았다.

알코올의 숙성은 문제가 없었다. 이런 일에 대비해 몇 가지 대비책을 세워 두었다. 특별하게 향이 나지 않게 만든 향수가 그것이었다. 강토가 맡아도 밋밋한 이 향수는 향 분자와 알코올 숙성이 필요할 때를 대비해 특별한 주정으로 만들었다. 전문가들이라면 알아채겠지만 일반인 수준에서는 문제 될 게 없었다.

톡.

농도를 맞춘 감귤 향이 들어갔다.

플라스크를 흔들어 향을 조절한다. 너무 약했다. 셔츠의 것보다는 강하지만 부녀의 기억 속에 남은 향은 이보다 강할 것이기 때문이었다.

톡.

두 방울을 더 넣었다. 그러자 깊고 깊은 아련함 속에서 감귤 향이 피어올랐다. 그 상태에서 다른 노트들을 조율했다. 흙냄새와 아쿠 존이 조금 더 보강되고 유칼리와 라벤더도 미량 추가되었다.

사앗.

블로터를 따라 감귤꽃이 핀다. 향 에센스를 쓴 것들처럼 선명하지는 않았다. 약간 희미하지만 눈을 감으면 선명해지는 농도. 거기서 셔츠의 감귤 향 복원을 끝내는 강토였다.

그래도 30분은 기다린다.

그사이에 향 분자의 변화를 예리하게 짚어 본다. 어코드에 실패한 향이라면 향이 변하기 시작한다. 이 향수는 괜찮았다.

OK.

합격점을 내리고서야 향수병에 담았다. 딱 두 병이었다. 아버지와 딸의 몫.

그런데.

"어?"

다락방을 나오던 강토가 소스라쳤다. 거실에서 나는 냄새 때문이었다. 차 선생 냄새였다. 뿐만 아니라 오 팀장과 유 실장의 냄새도 있었다.

"실장님, 팀장님."

다락에서 내려선 강토가 인사를 했다.

"어, 강토야."

차 선생이 먼저 돌아보았다.

"언제 오셨어요?"

"좀 됐다. 다락방 살짝 열었는데 네가 너무 삼매경이라 그냥 두라고 하시는 바람에……."

할아버지가 미안한 표정을 지었다.

"죄송해요. 제가 다른 향수를 좀 만드느라."

강토가 세 손님을 향해 예의를 갖췄다.

"아니야. 오래 기다린 것도 아닌걸."

오 팀장이 손을 저었다.

"그럼 죄송하지만 조금만 더 기다려 주세요. 옆집에 향수 좀 전하고 올게요."

강토가 돌아섰다. 미안하기는 하지만 황남조의 기다림이 더 길었기 때문이었다.

*　　　　　　*　　　　　　*

톡.

강토가 향수를 꺼내 놓았다.

특별한 병도 아니었다. 중부시장에서 사 온 50ml 두 병.

치잇.

스프레이가 향을 분출할 때까지만 해도 그녀의 눈동자는 두 개의 생각을 갖고 있는 것처럼 보였다.

—하나는 비슷하게나마 성공.

—또 하나는 실패지만 나름 최선을 다한 향수.

살랑.

한 번만 흔들었다. 다른 향보다 베이스가 약하니 조심스레 다룬 것이다.

"시향 해 보시죠."

강토가 내민 블로터가 그녀의 손에 들어갔다.

가만히 코로 가져간다.

긴장하는 건 방 시인이었다. 그녀의 시선은 처음부터 황남조에게 고정되어 있었다.

"……"

단 한 번.

들숨을 마신 황남조.

그녀의 오감이 거기서 정지되었다. 향은 분명 아련했다. 하지만 그녀에게는 정수리를 쪼는 불벼락의 향이었다.

5월 감귤꽃
다시 그리운 어머니 소매 향

시가 향수로 변한 것이다. 분명 그랬다.

그녀의 체취도 향을 따라 변해 갔다. 오랜 감정이 온몸에 퍼지자 간신히 오열을 참는다. 하지만 감정의 크기가 너무 컸다. 그녀의 힘으로는 관리가 되지 않았다.

툭.

눈물 떨어지는 게 보였다. 그게 신호였다. 목이 메는가 싶더니 어깨가 부서질 듯 떨렸다.

엄마.

그녀의 감정은 이미 무장 해제였다. 그녀의 체취만 맡아도 아는 강토였다.

엄마.

그 타이밍에서 강토가 일어섰다.

길고 긴 세월을 지나.

어머니 앞에 선 문학소녀 황남조.

모녀의 애틋한 재회.

그건 강토가 보지 않아도 될 일이었다.

"중요한 손님이 오셔서요."

마무리는 방 시인에게 맡겼다.

향.

문을 나서며 생각했다. 후각을 열면 어디서든 달려드는 냄새 분자들. 아무렇지도 않게 지나친 순간이지만

마치 사진처럼 하나의 장면이 되어 대뇌에 기록된다.

가을 남산의 냄새와 황남조가 벼린 애잔함에서 우러나는 체취……

강토의 후각을 통해 하나의 기억이 되었다.

강토가 만든 향이 부디, 그녀의 어머니 소매 향과 같았기를. 그녀의 아버지에게도 그러기를. 그리하여 고단한 투병과 애달픈 간병 생활에 작은 위로가 되기를.

후우.

호흡을 가다듬고 집으로 들어섰다. 애잔함은 문밖의 일로 충분했다. 이제는 유럽으로의 진격. 그러니 애잔함보다 위엄이 필요했다.

"어쩜……"

오 팀장의 감탄사가 컸다. 차 선생도 그랬다. 세 사람은 담장 가까운 그림 보관소에서 할아버지의 작품을 구경하고 있었다.

"벨벳 그림은 말이죠."

할아버지가 조명을 켰다. 그걸 좌우에서 번갈아 비치자 그림의 결이 생소하게 변했다.

"와우."

세 조향사가 압도된다. 벨벳 그림의 마력이었다. 가늘고 촘촘한 융털 덕분에 붓 터치가 달라 보이는 것이다. 어떤 방향에서는 더욱 부드럽게 보이고, 어떤 방향에서는 붓의 궤적이 짧아 보이는가 하면, 또 어떤 방향에서는 굉장히 크리미하게 보인다.

"강토 왔어요."

그림에 빠져 있던 차 선생이 강토를 보며 말했다.

"할아버지 대단하시네."

오 팀장이 강토를 바라본다.

"제 향수보다 백배는 나은 분이죠."

강토가 답했다. 진심이었다. 그림은 제3의 언어였다. 그렇기에 할아버지는 저 낯선 땅 중동에서도 사람들의 주목을 받았다. 향수도 그렇지만 그림에는, 그 사람의 성향이 드러난다. 벨벳이라는 소재는 캔버스에 비해 표현의 제한이 있지만 할아버지는 달랐다. 그 특징 때문에 중동 왕족들까지 고객이 되었던 것이다.

"오늘은 여기까지."

등나무꽃을 끝으로 할아버지의 즉석 전시회가 끝났다.

"할아버지 전시회는 안 하셔?"

보관실을 나오며 오 팀장이 물었다.

"머잖아 하실 거예요."

"하시면 우리도 꼭 초대해 줘. 빈말 아니거든."

"그러죠."

강토가 다락방을 가리켰다.

"마치 신비의 세계로 가는 기분인데?"

다락에 오르며 오 팀장이 웃었다. 다락이라는 것. 작은 판타지로 생각하는 사람들이 많았다.

"부족한 건 없었고?"

다락의 꼬마 의자에 앉고서야 유 실장 입이 열렸다.

"네."

"아후, 내가 다 떨리네."

오 팀장이 잠시 몸서리를 친다. 처음 만났을 때의 인상은 굉장히 시니컬했지만 지금은 달랐다. 세련미의 각을 조금만 내려놓으면 이지적인 미녀가 되는 게 그녀였다.

"이겁니다."

마침내.

강토의 향수가 공개되었다.

컬러는 자연스러운 미색이었다.

꿀꺽.

모두가 숨을 죽인다. 심지어는 다락방 아래에서 지켜보는 할아버지까지도.

치잇치잇.

처음부터 많이 뿜었다. 블로터를 촉촉이 적신 향수가 세 사람에게 건너갔다. 모두가 지그시 눈을 감는다. 아네모네의 삼인방. 그들은 수중발레라도 하는 듯 셋이 똑같은 포즈였다.

"하아아."

거친 호흡은 차 선생에게서 먼저 나왔다.

"실장님."

두어 번 향을 탐색한 오 팀장의 시선이 벼락처럼 유 실장에게 향했다. 유쾌하는 그때까지도 향을 맡고 있었다. 완전 몰입이다. 오 팀장이 불러도 반응하지 않았다.

흐음.

하아.

몇 번이고 향을 곱씹던 그의 입이 천천히 열렸다.

"아이리스……."

강토는 떨지 않았다. 이 향수는 남들 앞에서 떨어야 할 정도로 불안한 게 아니기 때문이었다.

"오 팀장."

그가 오 팀장을 돌아보았다. 순간, 유쾌하의 시선이 얼어붙었다. 유 팀장 눈에 서린 물기 때문이었다.

"실장님도?"

"그래."

"차 선생도?"

"톱노트… 순백의 서정, 그래서 눈을 뗄 수 없는 반전. 그 위에 내리는 흰 밀감의 반짝거리는 향… 그러다 문득 파우더리한 활력으로 변하는 하트노트. 이 격렬한 활력은 쿼놀린과

페르시콜……? 향수 속에 햇살이 들어간 것 같아 눈을 뗄 수
가 없네요."

차 선생은 이미 향에 취해 있다. 그렇기에 유 실장 앞임에
도 불구하고 거친 호흡으로 시향 감평을 쏟아 내고 있었다.

"하트노트는 아이리스… 그것도 귀족적인 품격의 아이리
스… 우아함 속에 관능적인 느낌이 선명해요. 아이리스의 퀸
피렌체 아이리스일까요? 아니, 이 센슈얼하면서도 깊은 파스
텔 톤의 파우더리는 피렌체로도 묘사하기 어려운 향이에요."

"……."

"하지만 진짜가 아니에요. 진짜는 이 깊은 센슈얼 속에 있
어요, 실장님."

향에 취한 그녀가 유쾌하를 바라보았다. 두 사람이 자신을
주목하고 있던 것도 모르는 눈치였다.

"대체 뭐죠? 아이리스 향의 중심, 마치 어둠을 벗겨 내려는
듯 밀려드는… 따뜻한 주목성……."

"차 선생."

오 팀장이 차주희의 옆구리를 건드렸다.

"어머."

그제야 그녀는 도취에서 벗어났다.

"아주 맛이 갔네?"

오 팀장이 그녀를 놀린다. 그러면서도 흐뭇한 표정이었다.

"아이리스를 정통 유럽 타입으로 승화시켰군. 포근함으로

도 모자라 뒹굴고 싶은 파우더리… 올리바넘과 베티베르 다음에 오시롤을 넣어 강렬한 악센트까지……."

유쾌하가 강토의 포인트를 짚어 냈다.

"굉장해. 주목할 만한 독창성이야. 서양적인 이미지가 너무 강한 게 아쉽기는 하지만……."

오 팀장의 평도 좋았다.

"죄송하지만 최종 감평은 조금만 참아 주시기 바랍니다."

지켜보던 강토가 다기 세트를 가져왔다. 할아버지가 쓰던 것들이었다.

"……?"

아네모네 삼인방이 강토를 바라보았다. 시향은 끝났다. 충분하게 적신 샘플 향수를 맡은 것이다. 세 사람은 다 전문가였다. 톱노트 따위에 홀릴 수준이 아니다. 개중에는 시간이 지나면서 망가지는 향수들이 있다. 그러나 강토 향수의 어코드는 그런 틈이 없었다. 그렇기에 이 향수가 어떤 방향으로 흘러갈지도 알고 있었다.

그런데 참아 달라니?

쪼르륵.

강토는 차를 끓일 뿐이다. 뜨거운 물을 몇 번 버리고 따르기를 반복한다. 그렇게 만들어진 차를 세 사람 앞에 내놓았다.

"한잔 드시고 한 번 더 감상해 주시면 고맙겠습니다."

강토는 진지했다.

차를 마시는 사이에 뜨거운 공기가 주변에 퍼졌다. 데워진 다기와 끓는 물도 한몫을 했다. 차를 마신 세 사람이 다시 블로터를 집어 들었다.

*　　　　*　　　　*

"······!"

세 사람은 약간의 차이를 두고 소스라쳤다. 차 선생의 이마에는 서늘한 땀이 맺혔다. 그녀는 감히 시향 소감을 내놓지 못하고 유쾌하를 보고 있었다.

"지금······."

겨우 운을 뗀 유쾌하가 떨리는 목소리로 뒷말을 이어 갔다.

"이 향수의 활력이 변하고 있는 건가?"

"예."

강토의 답은 간단했다.

"찻물의 온도 때문에?"

"예."

"오시롤인가?"

"예."

"주변 온도를 높여 주면 향이 더 선명해진다?"

"걷거나 움직임이 많아도 그렇습니다. 인체의 맥이 뛰는 곳에 뿌린다면."

치잇.

오 팀장이 체크에 들어간다. 어깨와 목, 손목 안쪽에 향을 뿌린 것이다. 그대로 일어나더니 손을 휘저으며 걸어 본다. 급한 마음에 그 상태로 향을 맡는다.

"조금은 더 걸으셔야죠."

강토가 도움말을 주었다. 몇 걸음 걷는다고 체온이 올라갈 건 아니었다.

"……."

여러 번 몸을 움직인 오 팀장이 다시 향을 맡는다. 강토의 말은 사실이었다. 오시롤의 발향력이 높아진 것이다.

"실장님, 대박인데요? 향도 좋지만 호기심까지 채워 주잖아요?"

오 팀장의 평이 나왔다.

"저도 그래요. 움직이면 움직임을 따라 변하는 느낌의 향…
향의 주제도 센슈얼인데 파우더리한 아이리스가 햇살 속에서 쏟아져 내리는 느낌. 이렇게 재미난 특징까지 갖춘다면 활동적인 20-30대 취향 저격도 어렵지 않을 것 같아요."

차 선생의 목소리도 높았다.

"내 생각도 다르지 않아. 그러니까 우리 천천히 짚어 보자고."

유쾌하는 역시 달랐다. 아네모네를 책임지고 있는 이그제

티브 조향사답게 디테일로 넘어갔다.

"일단 향수의 주제는 마음에 들어. 오 팀장 말대로 우리 향이 가미되지 않은 건 아쉽지만 그건 강토의 주장이기도 했고……."

유쾌하가 다시 시향을 한다. 그런 다음에 강토를 바라보았다.

"일단 톱노트 말이야, 파악되지 않는 냄새 분자가 들었군. 뭐랄까, 병약한 치자 향을 부각시키는 연민의 향? 그래서 도무지 지나칠 수 없게 만드는 주목성… 너무 잔약해서 너무 강한… 맞나?"

"맞습니다."

"어떤 노트를 쓴 건가?"

"이겁니다."

강토가 우유와 젖은 나무를 들어 보였다.

"밀크와 우디?"

"정확히 말하면 6 대 4 비율의 정제수로 묽게 만든 우유 향에 30% 정도 향을 날려 버린 무른 나무 냄새죠. 나무는 참백나무 노트를 사용했습니다."

"그건 듣도 보도 못한 노트인데?"

오 팀장이 끼어들었다.

"이 톱노트가 수선화와 치자 향의 구성입니다. 흰색 감귤류의 반짝이는 노트를 더해 주목성을 높였지만 완벽하지 않았

죠. 농도를 올릴까 하다가 반대편으로 달렸습니다. 인간성이
라는 게 강한 것에도 눈길이 가지만 약한 것에도 마음이 쏠리
잖습니까?"

"그런 자료를 어디서 찾은 건가?"

유쾌하가 물었다.

"냄새에서요."

강토가 향수에 쓰인 향을 건네주었다. 우유와 참백나무 향
을 섞어 만든 그것이었다.

"아……."

향을 맡은 유쾌하 눈빛이 출렁 흔들렸다. 그 향은 오 팀장
과 차 선생에게 넘어갔다. 둘 역시 애잔한 눈빛을 감추지 못했
다.

빼박.

너무 순수하고 애달파 거역할 수 없는 주목성. 그 향을 우
유와 나무로 만들어 냈다니 기가 막힐 뿐이었다.

"그럼 아이리스 말일세. 향의 품격을 보니 고가의 피렌체 아
이리스 같은데 자네가 따로 가지고 있던 건가?"

"아닙니다."

"아니라고?"

"그 아이리스는 아네모네에서 보내 준 평범한 아이리스 노
트입니다."

"……?"

강토의 설명에 세 사람이 다시 뒤집어졌다.

강토가 그 아이리스 콘센트레이트를 꺼내 놓았다. 유쾌하가 먼저 향을 맡는다. 향이 달랐다. 이 아이리스는 솔직한 아이리스 향이지만 강토의 향수에서는 자연스러운 주변 냄새들이 하모니를 이루고 있었다.

"설마?"

유쾌하에 이어 콘센트레이트를 확인한 오 팀장이 강토를 바라보았다.

"최고 품질의 향료. 모든 조향사가 꿈꾸는 재료들이죠. 하지만 그렇게 되면 향수 가격이 금값보다 비싸질지 모릅니다. 더구나 이 향수는 뉴욕 시장으로 간다니 재주 없는 동양인들이 비싼 향료 파티를 했다는 말은 들을지 몰라 평범한 향료만 사용했습니다. 아이리스 향의 제법은 여기 있습니다."

강토가 종이를 내놓았다. 포뮬러였다.

"……"

유쾌하의 시선이 제법에서 멈췄다.

흙과 포도 향, 세이지, 사이프러스, 타임, 바질, 민트…….

최고의 아이리스는 무지개 향이 난다. 그러니까 강토, 일곱 가지 주변 냄새를 더해 평범한 아이리스를 최고급 향의 아이리스로 탈바꿈시킨 것이다.

"이게 가능해?"

차 선생이 강토를 바라보았다.

"당연하죠. 선생님도 몇 번 해 보시면 하실 수 있을 겁니다."

강토 대답은 시원했다.

"정말 다른 것도 특별한 건 없군. 평범한 천연 향과 성깔 있는 합성 향을 합쳐 아이리스 향을 새롭게 해석했어."

포뮬러를 확인한 유쾌하의 결론이었다.

"마음을 정화시키는 것 같은 톱노트에 감각을 파고드는 센슈얼 아이리스… 한 번 더 매혹당하고 싶은 치명적인 파우더리의 진수……."

오 팀장도 유쾌하를 따라 웃었다.

"강토 실력을 믿지만 그래도 경험이 많지 않아 우려하던 부분도 있었는데 기대에 부응해 주었군. 향이 이대로만 숙성된다면 관심을 제대로 끌 것 같네."

유쾌하가 만족스러운 표정을 지었지만 강토는 거기가 끝이 아니었다.

"끝이 아니라고?"

아네모네 삼인방의 눈빛이 동시에 튀어 올랐다.

"사실 이 향수의 히든 포인트는 햇살입니다. 파우더리한 관능을 밝은 감성으로 승화시키는 카타르시스……."

강토의 설명이 시작되었다.

"그런데?"

유쾌하가 촉각을 곤두세웠다.

"지난번 손윤희 여사님 컴백 방송 기억나십니까?"

"물론이지?"

"그때 제가 짝꿍 향수라는 걸 선보였습니다."

"⋯⋯?"

"제 향수는 햇살입니다. 그렇다면 그 반대는 달빛이겠죠?"

"달빛⋯ 그럼 우리 오 팀장의 작품?"

유쾌하의 시선이 오 팀장에게 넘어갔다.

"윤강토?"

오 팀장이 고개를 들었다. 굉장히 놀란 표정이었다.

"솔직히 오 팀장님을 염두에 두고 향수를 만든 건 아니지만 제 향수와 오 팀장님의 달빛 옥잠화, 짝꿍 향수로 매칭시키면 어떨까 싶습니다. 온도가 올라가면 향이 빛나는 제 향수와 그 반대가 되면 향이 짙어지는 옥잠화⋯ 따로 즐겨도 좋지만 세팅해서 즐기면 더욱 시너지가 되는⋯⋯?"

강토의 시선이 유쾌하를 겨누었다.

"햇살과 달빛?"

"제 생각에는 마케팅이든 유럽 조향계의 이목이든, 도움이 될 걸로 봅니다만."

강토의 돌연한 제안.

세 사람은 할 말을 잃고 말았다.

"그럼 이것 때문에 나한테?"

오 팀장이 고개를 들었다.

"네. 가져오셨죠?"

"그야……."

오 팀장이 향수를 꺼내 놓았다. 맛있게 익어 가는 그녀의 옥잠화 노트 향수였다.

"수고는 차 선생님이 좀 해 주시겠어요?"

강토가 두 향수를 들어 보였다.

치잇.

치잇.

두 개의 향수가 분출되었다. 강토의 향은 차 선생의 전면이었고 오 팀장의 향수는 후면이었다. 차 선생이 가볍게 걸었다. 그런 다음 유쾌하와 오 팀장 앞에서 턴을 했다.

"이 제안의 결정은 실장님에게 맡깁니다."

선택권은 유쾌하에게 주었다. 강토가 보기에는 짝꿍 향수로 가는 게 맞지만 강토는 주최가 아니었다.

넋을 놓은 삼인방 앞에 약속한 대로 샘플과 11병 분량의 향수를 내놓았다. 그런 다음 인수증을 받았다. 사인은 유쾌하가 대표로 해 주었다.

"수고했네. 자네 제의에 대해서는 원장님, 그리고 부사장님과 상의해 보겠네."

"알겠습니다."

"여권 있지?"

"물론이죠."

"이것도 그 두 분과 상의해 봐야겠지만 어쩌면 강토가 같이 가 줘야 할지도 몰라."

"제가요?"

"대표 조향사를 대동하기로 했거든. 지금까지 들어온 외주 향수 중에는 강토 작품이 압권인데… 우리 욕심 같아서야 남은 외주 작품들이 이걸 뛰어넘기를 바라지만 그럴 수 있을지… 그러니 혹 유효기간이 얼마 안 남았으면 갱신을 해 두게. 비용은 우리가 부담할 거야."

"예."

"햇살과 달빛이라…….'

유쾌하는 흡족한 표정으로 돌아갔다.

"잘됐구나?"

손님들이 멀어지자 할아버지가 다가왔다.

"척 보면 보이세요?"

"당연하지. 이 할아비가 유경험자 아니냐? 옛날에 내 그림 사러 온 화상들도 저런 얼굴로 돌아가면 성공이었지."

"맞아요. 향수 납품 끝났어요."

"그럼 시간 좀 되냐?"

"내야죠. 할아버지가 많이 도와주셨는데."

"나도 나지만 방금 방 시인이 다녀갔어."

"어, 그렇네요?"

그제야 후각을 세우는 강토. 냄새를 보니 20여 분쯤 지난 것 같았다.

"후배분은 가셨대요?"

"그렇단다. 너무 좋아서 방 시인이 눈물이 날 것 같았다고 하더라."

"다행이네요."

"네가 그 후배 어머니의 향을 만들어 줬다고?"

"예……."

"조향이라는 거… 눈에 보이지 않지만 참 신기한 예술이구나. 듣자니 죽은 지 오래된 사람이라던데 그 냄새를 만들어 내다니… 어떻게 보면 좀 섬뜩하기도 하고……."

"섬뜩할 거 없어요. 우리가 숨 쉬는 이 공기 분자에는 옛날 사람들의 호흡 분자도 들어 있으니까요."

"얀마, 그러니까 더 섬뜩하잖아?"

"에이, 순진한 척하시기는……."

"이놈이 할아비를 놀리네?"

"죄송합니다. 하지만 팩트입니다."

"됐고, 시간 되면 나가자. 방 시인이 너한테 밥 한 끼 사야 한다고 신신당부를 하더라. 저번에도 얻어먹기만 했다고."

"음, 제가 방해되는 건 아니죠?"

"뭐, 저번처럼 1차만 먹고 빠지면 상관없지?"

"할아버지."

노골적인 할아버지. 그래서 빽 소리를 질렀지만 강토 기분은 마냥 좋기만 했다. 할아버지가 행복해서 강토에게 손해 날 일은 하나도 없었다.

"닥터 시그니처, 많이 먹어."

방 시인이 접시를 강토 앞으로 밀었다. 모락모락 김이 오르는 대게였다. 냄새부터 환상이다. 갓 가위질이 끝난 다리와 살을 밀어 주니 강토의 후각이 터질 것만 같았다.

"오늘 내 체면 살려 준 일, 그리고 내가 조금 늦은 것에 대한 사과까지."

방 시인은 뭐든 강토 앞으로 밀어 준다. 심지어는 생살을 발라 얼음에 재웠다 꺼낸 생게 회까지.

"잘 먹겠습니다."

염치 불고하고 게 회를 집었다. 분위기를 보아하니 강토가 먹어야 시작을 할 것만 같았다.

"아유, 잘 먹네."

게 회를 뚝딱 해치우자 방 시인이 웃었다.

"우리 윤 화백님도……."

할아버지가 다음 차례다.

"거 같이 먹읍시다."

할아버지가 응수한다. 할아버지가 건넨 게 다리를 받아 든 방 시인이 감상에 젖는다.

"게 껍질 색깔이 꼭 백일홍을 닮았어요."

"그러게 말입니다. 자연의 색이란 참 신기하지요. 물감으로 는 어림도 없어요."

"겸손이세요. 윤 화백님 벨벳 그림 색감이 얼마나 오묘한데 요."

"오묘한 걸로 치면 우리 강토의 향수가 그렇죠. 솔직히 젊을 때는 계집애처럼 무슨 향수야 했는데 요즘 우리 강토가 만드는 향수를 보면 말문이 막힙니다. 향수 하나로 사람의 기분, 아니, 운명까지 들었다 놨다 하니……."

"그러게요. 이렇게 멋진 손자를 뒀으니 얼마나 좋으세요."

"방 여사님 손자도 미국에서 변호사 하고 있다면서요?"

"그래도 가까이 있는 것만 못하죠."

"아이고, 그런 말씀 마세요. 가까이 있으면 얼마나 힘든데 요. 제가 요즘 우리 강토 눈치 보느라 피골이 상접할 지경이 라니까요."

할아버지가 엄살을 떤다. 방 시인에게 장단을 맞추는 것이 다. 두 사람은 이제 케미가 잘 맞는다. 게 껍질을 가지고 자연 색을 말하는가 하면 어릴 때의 추억까지 함께 달려간다.

화가와 시인.

나빠 보이지 않는다. 밤을 새워도 할 이야기가 많을 것 같 았다.

"닥터 시그니처."

식사가 끝나자 방 시인이 강토를 불렀다.

"네?"

"오늘 고마웠어."

"그 말씀은 아까 하셨잖아요?"

"그건 내 인사였고 이번에는 우리 후배 황남조 선생 부친의 인사."

"부친요?"

"아까 내가 좀 늦었잖아? 후배랑 통화 좀 하느라고 그랬어."

"그건 괜찮습니다."

"나는 안 괜찮아. 이렇게 멋진 닥터 시그너처인데 기다리게 하면 안 되지."

"선생님……."

"우선 이거."

방 시인이 봉투를 꺼내 놓았다.

"뭐죠?"

"그 후배가 주는 향수값이야. 돈으로 치면 안 되지만 아까 경황 없이 헤어지는 바람에 챙기지 못했다면서 300만 원을 보내왔어."

"이건 안 받아도 되는데요."

"강토 마음은 아는데 받아야 할 것 같아."

"선생님……."

"후배가 주는 게 아니라 그 부친이 준 거거든."

"그래도……."

"그리고 이제 돌려줄 수도 없게 되어 버렸어."

"네?"

"후배가 영상 하나를 보내왔어. 우리 닥터 시그니처에게 보여 주라고……."

어느새 눈시울이 젖은 방 시인.

톡.

화면을 터치해 동영상을 열어 놓았다.

제7장

—

향기로운 딜

화면에 병실이 보인다.

한 늙은 남자가 침대에 누워 있다. 그가 아이처럼 웃고 있다. 그 손에 들린 건 강토가 만들어 준 감귤 향이었다.

황 작가.

남자가 말한다. 삶이 절반은 날아간 듯한 얼굴이지만 그 입가에 맺힌 건 미소였다.

똑같아.

남자의 말이 이어진다.

네 엄마 냄새.

그 5월에 지천이던 감귤 냄새.

그렇지?

남자 목소리가 바람처럼 이어진다.

고마워.

죽기 전에.

네 엄마 냄새 한번 맡고 싶었어.

이렇게 제대로.

황 작가.

저기 네 엄마가 오고 있어.

감귤 향을 따라 너울너울.

황 작가는 이 냄새 싫어했지?

이제 그만 잊어버려.

엄마의 전 소매에서 사라질 날 없었던 이 향은.

다 내 잘못이야.

내가 사고를 당했기 때문이잖아?

황 작가.

이 냄새를 만들어 준 사람이 있다고?

거참 신통하네.

내 통장에 돈이 좀 남았을 거야.

그거 그분에게 전해 줘.

고맙다는 말도 꼭.

이 감귤 향 꼭 한번 맡고 싶었어.

이 세상 떠나기 전에.

고마워.

남자가 눈을 감는다.

치잇.

황남조의 손이 그 허공에 향수를 뿌려 준다.

치잇치잇치—잇.

합쳐서 세 번이었다.

향 때문일까.

남자의 얼굴이 편안해진다.

향수는 다시 그 거친 손에 쥐어졌다.

먼 길 가는 나침판처럼 꼭.

동영상은 그것으로 끝이었다.

강토는 먼저 나왔다.

5월 감귤꽃

다시 그리운 어머니 소매 향

황남조의 시가 오랫동안 가슴에서 떠나지 않았다.

기분이 기묘할 때 은나래에게서 카톡이 왔다.

[닥터 시그니처.]

[어, 안녕하세요?]

[사진 첨부]

대화와 함께 사진이 들어왔다. 그녀의 목과 어깨 부위, 그리고 팔목 등이었다. 티 한 점 없이 깨끗했다.

[향수 뿌린 곳인가요?]
[맞아요. 실은 온몸인데 19금이라 보낼 수가 없어서요.]
[이제 마음 놓고 뿌리세요.]
[그러고 싶은데 벌써 다 떨어져 가요. 나도 마를린 먼로 흉내를 좀 냈거든요.]
[2차분 만들어 둘게요.]
[정말이죠? 이번에는 많이 만들어 주세요. 나 아예 향수 백 만들 거예요.]
[그러면 시트러스 노트도 좀 만들어야겠는데요?]
[닥터 시그니처가 만들면 닥치고 찬성.]
[제가 들를 테니까 체취 좀 준비해 주세요. 방법은 알고 계시죠?]
[기다리고 있겠습니다, 닥터 시그니처.]

은나래는 명랑한 이모티콘을 남기고 퇴장했다. 스크린 위에서 이모티콘이 재롱을 떤다. 기분 전환으로는 제대로였다.

일주일 후, 방 시인이 강토를 찾아왔다. 내추럴 노트의 향을 만들고 있을 때였다.

"닥터 시그니처."

다락방 아래에서 그녀 목소리가 들렸다.

"선생님."

"방해되는 거 아니야?"

"아뇨. 괜찮습니다."

"그럼 우리 집에 잠깐 가. 우리 후배가 왔어."

"황 작가님요?"

"응. 강토에게 인사하고 싶다네?"

"그러실 필요 없는데……."

"잠깐이면 돼."

방 시인이 재촉하니 잠깐 시간을 내 주었다.

"방 여사, 나도 가끔 납치해 가세요."

그림을 그리던 할아버지가 농담을 던졌다. 할아버지의 새 작품은 거의 완성 직전이었다.

"어머."

뒤뜰에서 꽃을 보고 있던 황남조가 파뜩 일어섰다.

"안녕하세요?"

강토가 먼저 인사를 했다.

"인사가 늦었어요."

황남조가 하얗게 웃었다. 며칠 사이에 많이 야윈 모습이었다.

"그럼 둘이 얘기해. 나는 차 좀 준비할게."

방 시인이 슬쩍 자리를 피해 주었다.

"우리 아버지 동영상 보셨어요?"

"네… 그런데 웬 향수값을 그렇게 많이?"

"그게 많아요? 실은 동그라미 두 개 더 붙이고 싶었는데 그럼 받지 않을까 봐 줄인 거예요."

"……."

"아버지 통장의 잔고가 3억이었거든요. 그거 다 주라는 말씀이었을 거예요."

"향수 하나에 과하시네요."

"향수 하나가 아니에요. 돈으로 살 수 없는 그 '무엇'을 소환해 준 거죠."

황남조가 향수를 꺼냈다.

"저도 고마워요. 덕분에 고단할 때마다 이 향을 맡으며 힘을 내고 있어요."

"다행이네요."

"그런데 이 향 때문에 고민이 하나 생겼어요."

"고민이라고요?"

"실은 제가 이런 주제에 특별한 봉사 모임의 총무를 맡고 있어요. 그분들이 바쁘신 와중에도 문상을 오셨지 뭐예요."

"……?"

강토가 시선을 들었다. 황남조, 대단한 시인인 건 알고 있었다. 현재만 따진다면 방 시인보다도 유명했다. 이제 대중의 관심에서 멀어지던 시라는 문학 장르를 다시, 사람들의 관심 속으로 돌려놓은 시인이었다. 그런 사람이다 보니 유명 인사들과의 교분이 있을 수 있었다.

"그분들, 그 와중에도 제가 향수병을 끼고 조문객을 맞으니 궁금해하세요. 실은 아버지 영정 앞에도 그 향수가 있었거든요."

"네……."

"별수 없이 사연을 말해 드렸어요. 그랬더니 박물관장 하시는 분이 제게 부탁을 하는 거예요."

"부탁이라고요?"

"미안해요. 혹시 닥터 시그니처에게 실례가 될 수도 있는 말 같은데……."

"괜찮습니다. 말해 보세요."

"그런데……."

"괜찮다니까요."

"이분에게 특별한 반려견이 있어요. 굉장히 특별한 인연으로 만났는데 이제는 나이를 많이 먹었다고 해요."

"……."

"작년부터 시름시름 아프더니 곧 죽을 것 같은데 관장님에게는 가족 이상이라네요. 그래서 살았을 때 동영상도 찍고 추억거리를 만들긴 했는데……."

"……."

"제 얘기를 듣더니 무릎을 치세요. 닥터 시그니처에게 부탁 좀 해 달라고요."

"개를요?"

"관장님은 그 반려견 냄새를 제 어머니의 감귤 향처럼 간직 하고 싶은 모양이던데… 안 될까요?"

황남조 목소리에서 힘이 빠진다. 사람이 아니고 개가 대상 이다 보니 '개미안'한 모양이었다.

"돼요."

그녀의 말이 끝나기 전에 강토 수락이 나왔다.

"된다고요?"

황남조가 반색을 했다.

"향수 만드는 일인걸요. 그것도 그 관장님에게는 시그니처 가 될 테니까요."

강토 생각이었다. 누군가에게 위로가 되고 행복이 되는 향 수라면 그 냄새 분자가 개에서 나온들 어떤가? 더구나 요즘 반려동물은 또 다른 가족이었다.

기꺼운 마음으로 받아들이는 강토였다.

"여보세요. 관장님, 저 황 작가인데요?"

강토 수락이 떨어지자 황남조가 바로 전화를 걸었다.

"그럼 지금 모시고 가겠습니다."

저쪽의 반응은 즉각적이었다. 그것은 곧 개가 어려운 처지에 처했다는 뜻이기도 했다.

집으로 돌아와 재료를 챙겼다.

'두태……'

강토 시선이 새로운 유지로 향했다. 마장동 권혁재 덕분에 구한 기름 덩어리였다. 송아지나 양의 기름보다도 효과가 좋았다. 잡내를 없애기 위한 벤조인 전처리는 마친 후였다. 리넨과 함께 챙겨 들었다.

"출장이냐?"

그림의 마무리를 하던 할아버지가 웃었다. 방 시인에게 이야기를 들은 모양이었다.

"다녀오겠습니다."

인사를 하고 황남조의 차에 올랐다.

내비게이션에 찍힌 주소는 서초의 내곡동이었다.

한강 다리를 건널 때 그쪽의 전화가 들어왔다.

"준비할 게 있냐고 물으시는데요?"

운전하던 황남조가 돌아보았다.

"전혀요. 목욕 같은 것도 시키지 말고 그냥 계시라고 해 주세요."

강토가 말했다. 준비는 강토의 몫이었다.

"그런데… 특별한 반려견에 특별한 인연이라는 게 뭐죠?"

네거리 신호에 막히자 강토가 물었다. 딱히 궁금하지는 않았지만 황남조와 할 이야기도 마땅치 않은 까닭이었다.

"아, 그거요······."

황남조가 잠시 숨을 골랐다.

그사이에 신호가 터졌다.

"어차피 개를 보시면 알겠지만 시각장애인 안내견종인 레트리버예요."

"시각장애인요?"

"관장님이 시각장애인인 건 아니고요, 그 딸이 그랬어요."

"아, 네······."

"5년 전쯤에 암으로 세상을 떠났어요."

"······."

"이 개가 그 딸의 눈이 되어 주던 안내견인데 딸이 죽을 때쯤에 노쇠해서 은퇴 시기가 되었었나 봐요. 하지만 관장님이 딸 생각에 그냥 키우고 계셨던 거죠."

"그랬군요."

"제가 너무 꿀꿀한 얘기만 연결시키죠?"

"아뇨. 누구도 피할 수 없는 일이잖아요. 명작 향수도 언젠가는 향이 가시거든요 ."

"어머, 그러고 보면 세상의 모든 일은 다 그런 것 같네요."

"미리 말씀해 주시니 도움이 되었습니다."

"다 왔네요."

황남조가 방향을 틀었다. 얕은 산등선이 보이는 동네였다. 신축 아파트를 끼고 도니 양지바른 저택이 나왔다. 집은 굉장히 넓었다.

　"황 작가."

　그 대문 앞에 박물관장 심영화가 나와 있었다.

　"이분이세요. 저희 어머니 향수를 만들어 주신."

　황남조가 강토를 소개했다.

　"어머, 진짜 젊으시네? 난 조향 전문가라기에 중년의 중후한 분쯤으로 생각했는데."

　"향수 실력이 중후하시죠. 그 톱스타 손윤희 있잖아요? 후각 문제로 활동 중단하고 있다가 컴백해서 인기몰이 하시는?"

　"손윤희?"

　"그분 인생 시그니처도 이분 작품이래요."

　"어머나, 역시 젊은 사람들 세상이야. 들어가요."

　심영화가 대문을 열었다.

　"……!"

　안으로 들어서자 냄새가 달라졌다. 향나무와 산국 때문이었다. 꽤 큰 정원 가득 만발한 산국이 한들거리고 있었다.

　"조향하시면 후각이 굉장히 좋다고 하던데 우리 국화 어때요? 제가 좋은 종자만 받아다 뿌린 건데?"

　심영화가 산국을 가리키며 물었다.

　"좋네요. 향기가 진하고 맑습니다."

"진짜죠?"

"네."

"자, 이쪽으로요."

그녀가 야외 테이블 쪽으로 걸었다. 그 뒤를 따라가던 강토가 살짝 걸음을 멈췄다. 진한 국화 향과 향나무 냄새에 낯익은 냄새가 섞여 있었다.

'뭘까?'

가만히 뒤를 돌아본다. 하지만 낯선 동네다. 친구들이 사는 것도 아니었다.

'국화 향이 너무 진한가?'

오래 생각하지는 않았다. 익숙한 냄새는 아닌 까닭이었다.

"드세요."

심영화가 차를 내왔다.

"우리 황 작가 얘기를 듣자니 그 향수는 어머니의 유품인 옷으로 만들었다고 하던데 우리 심바는 어떻게 하는 건가요?"

찻잔을 들며 심영화가 물었다.

"황 선생님 향은 그 옷밖에 없었으니 그랬지만 개는 직접 채취를 취하는 게 좋습니다."

"채취요? 어떻게요?"

"리넨에 유지를 발라서 냄새가 많이 나는 부위를 감싸 두었다가 풀면 됩니다. 개가 힘들 일은 없으니 걱정하지 않으셔도 됩니다."

"그렇군요? 저는 또 피 같은 걸 뽑나 했어요."

그녀가 한시름을 던다. 개에게 무리가 될까 걱정했던 모양이었다.

"사람이라면 입과 가슴, 국부, 어깨와 발의 경골에 바르면 좋은데 개인 데다 상황이 안 좋은 편이라고 하니 직접 봐야 할 것 같습니다."

"향수가 나오려면 얼마나 걸리죠?"

"오늘 체취를 구해 바로 작업하면 내일이라도 시향이 가능합니다. 하지만 아무래도 시간이 좀 흘러야 향이 자연스러워질 겁니다."

"다행이네요. 우리 심바는 며칠 못 넘길 거라고 하던데 향수가 오래 걸리면 그 빈자리를 어쩌나 했어요."

"……."

"그럼 들어갈까요? 제가 마음이 급해서……."

심영화가 먼저 일어섰다. 생각보다 개의 상태가 안 좋은 모양이었다.

"송이 엄마."

안으로 들어선 그녀가 가정부를 불렀다.

"심바 어때요?"

"한잠 자는 것 같더니 조금 전에 깨어났어요."

"잘됐네요. 이분이 심바 향을 만들어 주실 거예요."

그녀가 강토를 소개했다.

"여기예요."

그 사이에 창가에서 가까운 방문이 열렸다. 안에서 개 냄새가 훅 후각에 끼쳐 왔다.

"원래 우리 딸이 쓰던 방이에요."

심영화가 레트리버를 가리켰다. 커다란 레트리버의 눈에는 지향이 없었다. 사람으로 치면 생기가 없는 것이다. 강토를 보더니 큰 눈만 끔벅거린다. 그것도 단 한 번이었다.

"안녕."

자세를 낮추고 레트리버와 인사를 했다. 레트리버가 꼬리를 살짝 들었다 놓는다. 비글처럼 이 개도 강토를 잘 따랐다.

"관장님이 네 향을 간직하고 싶다고 해서. 네 체취를 조금 받아 갈게. 많이 귀찮지는 않을 거야."

개의 턱과 이마를 비벼 주며 냄새를 파악했다.

'머리와 입 주변, 눈 아래, 귀, 그리고 발등……'

냄새가 가장 강한 부위를 골랐다. 개를 안심시키고 리넨과 유지를 꺼냈다. 리넨에 대충 발라서 붙이는 것으로 끝나는 게 아니었다. 리넨이 접촉하는 부위의 두께 조절이 필요했다. 굴곡이나 면적에 따라 유지의 두께도 달라진다. 그 작업을 수행하던 때였다. 문득 벽의 사진 액자 하나가 눈에 들어왔다.

"……!"

강토 시선이 거기서 멈췄다.

정원에서 감지했던 낯익은 냄새 분자였다. 국화 향 때문에 착각한 것이 아니었다. 사진 속에는 네 생명이 오롯했다. 아버지와 어머니, 그리고 죽은 딸과 레트리버.

그런데.

그 아버지가 바로 박광수 회장이었다.

강남 최고의 백화점을 가진 사람.

강토가 초기 폐암을 찾아 준 그 사람……

＊   ＊   ＊

"머리의 털을 조금 밀겠습니다."

강토가 심영화의 허락을 구했다. 머리는 기름이 많이 나오는 곳이다. 더 진한 냄새를 얻기 위해서는 꼭 필요한 곳이었다.

"그러세요."

허락이 떨어지자 가위로 털을 잘랐다. 거기에 유지를 바른 리넨을 밀착시키고 랩으로 단단히 감았다. 나머지 부위에도 리넨이 둘러졌다. 고정은 역시 랩으로 마감을 했다.

"4시간 정도 기다려야 합니다."

강토가 심영화에게 말했다.

"그럼 저희랑 같이 식사를 해요. 마침 우리 회장님도 일찍 오신다고 했거든요."

그녀의 제의가 나왔다.

4시간.

집을 다녀오기도 마땅치 않았다. 내일 아침까지 둬도 되겠지만 그렇게 하면 개가 힘들 일.

"그렇게 해요. 관장님 댁 새우장이 일품이거든요."

황남조가 지원사격을 한다.

"알겠습니다."

강토가 답했다.

"그럼 잠깐 집 구경 좀 시켜 드릴까요?"

심영화가 강토를 바라보았다.

"조금만 참아."

레트리버를 토닥여 주고 방을 나왔다.

뒤뜰로 가니 골동 석재들이 많았다. 석재들 위로 분재가 가득하다.

100년……

200년……

후각이 시간을 거슬러 올라간다. 해묵은 냄새라 퀴퀴하기도 하지만 강토는 나쁘지 않았다. 오래된 골동품과 진귀한 분재 냄새를 맡다 보니 시간 가는 줄도 몰랐다.

"회장님 오셨습니다."

얼마 후에 가정부가 다가왔다.

"우리 회장님 첫인상이 좀 무서워요. 하지만 마음은 고운

분이니까 긴장하지 마세요."

"괜찮습니다. 이미 뵌 적이 있는걸요."

"뵌 적이 있다고요? 우리 회장님을요?"

"네."

"그래요?"

그 순간 박광수가 가까워졌다.

"어?"

강토를 본 박광수가 반색을 했다.

"안녕하세요?"

"학생… 맞지? SS병원?"

"네."

"여긴 어쩐 일로?"

박광수가 심영화를 바라보았다.

"당신은 이분을 어떻게 알아요?"

심영화도 질문으로 맞섰다.

"그 학생이잖아? 내 초기 폐암 찾아 준……."

"어머, 정말요?"

"뭐야? 난 또 당신이 어떻게 알고 사례하려고 불렀나 했는데?"

"아니에요. 이분이 우리 황 작가 알죠? 제가 장례식 다녀와서 기막힌 향수 얘기했잖아요?"

심영화가 뒤쪽의 황남조를 바라보았다.

"그럼 그 향수 만든 사람이 이 학생?"

"학생이라뇨? 닥터 시그니처세요. 향수 쪽에서는 유명한 분이세요."

"아직 그렇게 유명하지는 않습니다."

강토가 대화를 바로잡았다.

"허엇, 이거 기막힌 인연일세. 그러니까 내 폐암을 찾아 준 사람이 우리 심바 향을 영원히 남기기 위해 오셨다?"

"그렇네요. 저도 방금 당신을 안다길래 깜짝 놀라던 참이에요."

"닥터 시그니처?"

박광수가 강토 앞에 우뚝 섰다.

"예?"

"우리가 대단한 인연인 것 같군요. 내 입장에서는 주로 신세나 지는 편이지만."

"별말씀을 다 하십니다."

"그런데, 당신은 왜 이 귀한 분을 여기로 모시고 나와 있는 거야? 뭐라도 대접하지 않고?"

박광수가 아내에게 애정 어린 핀잔을 날렸다.

"지금 심바 체취를 채취 중이시거든요. 그래서 잠깐 집 구경 시켜 드리던 참이에요."

"집이 뭐 볼 거 있다고. 들어갑시다. 그렇잖아도 장학금이랍시고 돈 몇 푼 보내고 말았는데 집으로 오셨으니 제대로 대접

해야지."

박광수가 강토 손을 끌었다.

"드세요."

서재 겸 집무실 테이블에서 박광수가 차를 권했다. 향이 은은하고 깊으니 귀한 차였다.

"향수 전공한다는 말은 들은 것 같은데 이미 향수를 만드는 줄은 몰랐습니다."

"운이 좋아서 몇몇 분들의 주문을 받고 있습니다."

"운일 리가요. 조향의 핵심은 후각이라고 하던데 비글보다 우수한 후각을 가졌으니 당연한 일 아닙니까?"

"별말씀을……."

"여보, 심바 향수를 만드는 데 얼마나 주기로 한지는 모르지만 두둑이 드리라고."

박광수가 심영화를 압박했다.

"그럼 회장님이 드리시지 그래요. 저야 워낙 쫄보라서……."

"그럴까? 그럼 가서 봉투 좀 가져와요."

"사모님."

일어서는 심영화를 강토가 말렸다.

"아닙니다. 오늘은 우리 집이니 내가 하고 싶은 대로 할 겁니다. 두말 말고 받아 가세요. 아니면 이 사람 체면이 말이 아니게 됩니다."

박광수도 세게 나왔다.

"그러시면 얼마를 주시렵니까?"

그 대화를 받아치는 강토.

"예?"

"얼마를 주시려는지 궁금해서요."

"오호, 워낙 실력이 좋으시니 자부심도 상당하군요. 멋진 모습입니다."

"심바에 대한 애정이 얼마나 깊으신 건지 궁금해서요."

"심바라면 내 딸의 분신입니다. 혈연관계이고 귀한 추억이니 돈으로는 살 수 없지요."

박광수가 쓸쓸한 미소를 지었다. 심바를 통해 딸을 생각하는 눈치였다.

"그러시면 제게도 돈 말고 추억을 주시겠습니까?"

"추억?"

"저희 할아버지께서 서양화가십니다."

강토가 핸드폰 파일을 열었다. 평소 찍어 가지고 다니던 할아버지의 그림들이었다.

"소재가 특이하군요? 캔버스 같지 않은데?"

"벨벳입니다."

"벨벳? 어쩐지……."

"얼마 전에 중견 서양화가 3인 작가전에서 혼자 퇴짜를 맞으셨습니다. 중동에서 상업화를 많이 그린 전력 때문에 최종 단계에서 다른 화가로 교체가 되었더군요."

"그래요?"

"그런데 그림도 팔고 사는 것 아닙니까? 혼자만 볼 거라면 굳이 전시회를 할 필요도 없고요."

"그렇기는 하지요."

"보시면 아시겠지만 벨벳 소재의 그림들은 굉장히 독특하고 럭셔리해 보이는 장점이 있습니다. 제 생각에는 회장님 백화점 이미지와도 맞을 것 같은데 심바의 사례 대신 저희 할아버지에게 전시회의 기회를 주시면 고맙겠습니다."

"전시회라고 했습니까?"

"예."

"그거라면 크게 어렵지 않지요. 6층 문화관에 작은 전시장이 있으니 스케줄을 잡으면……."

"제가 부탁드리는 건 1층 명품관 전관입니다."

"명품관 전관?"

"검색을 해 보니 전에 거기서 유럽 명화전을 연 기록이 있더군요."

"하지만……."

박광수 눈빛이 흔들렸다. 1층 명품관은 말 그대로 고가의 상품을 파는 매장이다. 즉, 금란백화점의 심장부였다. 더구나 코로나 이후로 비대면 구매가 많아지면서 타격을 입고 있던 중이었다. 그런 장소에서 그림 전시회? 피카소나 고흐, 세잔 정도라면 모를까 일부 남은 VIP들마저 쫓아 버릴 수 있었다.

게다가 딱 한 번 열었던 유럽 명화 전시전.

거액을 들인 시도였지만 거의 실패작이었다. 관람객은 어느 정도 왔지만 명품 판매에는 도움이 되지 않았다. 온갖 계층의 사람들이 몰려와 그림만 보고 가 버리니 분위기만 어수선했다.

"……."

박광수는 난감했다.

큰 도움을 준 강토였다. 또다시 도움을 받을 처지가 되었다. 그렇기에 웬만하면 도와주고 싶었다. 하지만 사업은 사업이었다.

*   *   *

"그게 그렇게 된 겁니다."

박광수가 실패 경험담을 고백했다.

안 돼.

그의 의중이었지만 강토는 희소식으로 받아들였다.

역으로 생각하면, 명품 판매에 도움이 된다면 할아버지의 전시회가 가능한 것이다.

바로 생각을 전했다.

"……?"

강토의 역제의에 박광수는 할 말을 잃었다.

강토의 후각은 천재적이었다. 후각의 왕이라는 비글도 놓친 자신의 폐암을 찾아냈다. 거기에 손윤희와 황남조의 사연을 더하니 향수에도 일가견이 있다는 건 인정했다.

하지만.

역시 백화점 명품관과는 연결되지 않는 일들이었다.

"잠깐만요."

강토가 작은 가방을 열었다. 안에는 기본적인 향수 몇 가지가 들어 있었다. 그중에서 아몬드 향과 플로럴 계열의 향수를 꺼냈다.

치잇치잇.

치잇.

아몬드 향 향수를 허공에 뿌리고 이어 플로럴을 뿌렸다. 두 향이 허공에서 만나 즉석 어코드를 이루었다. 타이밍을 기막히게 맞춰 원하는 분위기를 낸 것이다.

"어떻습니까?"

"달콤하고 좋은 냄새군요."

"관장님은 어떻습니까?"

"나요? 흠흠……."

심영화가 향 감상에 들어가자 향수가 한 번 더 뿌려졌다.

"……?"

향을 음미하던 심영화의 미간이 살포시 구겨졌다.

"이거?"

치잇.

강토는 향수로 답했다.

"맞나요? 기분이 너그러워지면서 쇼핑이 하고 싶어지는 향?"

"맞습니다."

강토가 답했다. 확신에 가득 찬 목소리였다.

"쇼핑이 하고 싶어지는 향?"

그제야 박광수가 관심을 보였다.

"좋은 요릿집 앞을 지나면 미각을 자극하는 음식 냄새가 나죠. 그러면 사람들은 그 음식이 먹고 싶어지고 안으로 들어가게 됩니다. 즉, 냄새란 고객 유인 효과가 있습니다."

"쇼핑을 하고 싶어지게 하는 향수라?"

"향에는 사람의 마음을 좌우하는 신비한 힘이 있습니다. 이성을 마비시키는 관능의 사향, 열정을 불러일으키는 용연향, 사람의 기분을 나쁘게 만드는 식초 향, 좋게 만드는 아몬드 향, 아울러 정직하게 만드는 감귤 향기까지……."

"그런 말은 나도 들은 적이 있습니다. 하지만 우리는 별 재미를 보지 못했어요. 다른 백화점 경영자들도 그런 말을 했고요."

"그럴 수 있습니다. 하지만 제대로 만든 향은 다릅니다."

"그야……."

"기분이 좋아지고 돈을 마구 쓰고 싶어지는 향수… 분명히

가능합니다. 원하시면 제가 시범으로 증명할 수도 있습니다."

"증명을 하겠다고요?"

"증명이 되면 허락을 하시겠습니까? 물론 향수에 대한 비용도 지불하셔야 합니다만."

"매출 신장이 되기만 한다면야……."

"관장님 앞에서 약속하신 겁니다?"

"닥터 시그니처……."

"빠른 시일 내에 증명하겠습니다. 약속을 잊지 말아 주십시오."

강토가 못을 박아 버렸다.

"허어."

박광수가 웃었다.

매출 신장의 향수.

당장 돈을 달라는 것은 아니니 손해 날 일은 아니었다. 게다가 심바에 대한 향수가 진행 중이니 이의를 달지도 않았다.

5시간 경과.

그쯤에 심바에게 둘러 둔 리넨을 체크한 강토.

채취가 제대로 된 것 같아 리넨을 회수했다.

'흐음.'

리넨에 묻은 유지의 냄새를 확인한다.

심바의 냄새도 교차 확인을 한다.

좋았어.

이만하면 되었다.

준비를 마친 강토가 가뜬하게 일어섰다.

백화점 매출 향상을 위한 향수.

할아버지에게 효도 한번 제대로 할 기회였다.

*　　　　*　　　　*

"할아버지."

집에 들어서자 막걸리 냄새가 났다. 할아버지가 혼자 한잔 하시던 중이었다. 전시회 퇴짜 통보. 강토 앞에서는 아무렇지도 않은 척하지만 상심이 안 될 리 없었다.

"왔냐?"

"뭐예요? 혼술?"

"얀마, 피곤해서 그러는 거야."

"피곤하면 비타민을 먹어야죠."

"나한테는 술이 비타민이다."

할아버지가 막걸리병을 들었다. 술잔에 따르려는 걸 강토가 막았다.

"괜찮다니까."

"나는 안 괜찮거든요."

"윤강토."

"저 그림, 전시회에 들어간 마지막 작품이었죠?"

강토가 거실 구석의 이젤을 가리켰다. 거기 벨벳 캔버스가 있었다. 완성을 앞두고 있는 것 같지만 좀처럼 진도가 나가지 않는다. 이유는 강토가 잘 알고 있었다.

"이젠 천천히 그려도 된다."

"아니, 빨리 완성시켜야 돼요."

"전시회 물 건너간 거 알지 않냐?"

"물 건너가던 전시회가 다시 돌아오고 있거든요."

"윤강토."

"강남의 금란백화점."

"......?"

"거기 명품관에서 전시회 열게 될 거예요. 그러니까 빨리 완성시키세요."

"술은 내가 마셨는데 네가 취했냐?"

"제가 지금 누굴 만나고 온 줄 아세요?"

"개 냄새를 향수로 만들러 간 거였잖아?"

"맞는데 그 개가 바로 금란백화점 회장님 따님의 개더라고요. 게다가 그 회장님은 제가 폐암을 찾아 준 회장님이시고요. 할아버지도 알죠? 저한테 사례로 장학금을 1,000만 원이나 주신."

"그래서?"

"그분이 약속하셨어요. 할아버지 그림 보더니 거기서 전시회 열게 해 주신다고."

"정말이냐?"

"그럼요. 그러니까 빨리 완성시키세요."

"윤강토."

"이건 전시회 마친 다음에 진탕 마시자고요. 저랑 같이요."

강토가 막걸리병을 멀찌감치 밀었다. 그런 다음 다락방으로 향했다. 할아버지가 걱정할까 봐 매출 신장의 옵션은 밝히지 않았다.

심바 냄새를 저온의 알코올로 녹여 거르면서 생각했다.

쇼핑 의욕을 활활 타오르게 만드는 향수.

겁나지 않았다.

죽음의 신에게도 딜을 날리던 블랑쉬의 경험치. 그건 괜히 있는 게 아니었다.

*　　　　　*　　　　　*

심바의 향은 오래 걸리지 않았다. 그날 밤으로 완성이 되었다. 모두 10병이 나왔다. 숙성이 되는 기간 동안 금란백화점으로 향했다. 현장 체크였다.

백화점의 위용은 달랐다. 규모로야 잠실의 백화점을 알아주지만 내실은 금란이 우세했다. 유럽의 명품점에 들어선 듯한 느낌이 가득했다.

그중에서도 명품관이었다. 광고에서나 보던 네임드 아이템

들이 바글거렸다. 실내에는 잔잔한 음악이 흐르고 '향'도 있었다.

플로럴이다.

좋았다.

그러나 그냥 좋았다.

이런 향은 형식적인 세팅에 불과하다. 포근한 안락감과 달콤한 휴식의 느낌이 약하다. 고객을 잠시 유인할 수는 있겠지만 그 이상의 효과는 내기 어려웠다. 한 바퀴를 돌면서 구조를 분석했다. 그래야 향수 노트와 양을 정할 수 있기 때문이었다.

'입구와 공기 순환……'

그 자리에서 허공에 향수를 뿌렸다. 그런 다음 냄새 분자가 흩어지는 방향을 보았다. 그들 분자가 다 사라지는 시간을 쟀다.

향수 분자가 사라질 때쯤 구상이 나왔다.

아이리스.

여기서도 수선화와 치자를 매칭시킬 생각이었다. 명품과 매장 구도를 보니 그 꽃이 떠올랐다. 신들의 정령이라는 아이리스. 그 무지개의 환상이 황홀하게 펼쳐진다면 매장의 명품은 완판을 찍을 수도 있었다.

그러나 매개체가 필요했다.

[페르시콜]

이 친구가 필요했다.

천국의 정원에 어울리는 향이었다.

이 쾌활한 냄새 분자라면 세 가지 꽃의 성격을 완벽하게 바꿔 놓을 수 있었다.

포근함이 주는 안락함과 플로럴의 달콤함, 그리고 황홀경을 더한 치명적인 이끌림.

물론 쉽지 않다.

블렌딩 수준의 조향사라면 꿈도 꾸지 못한다. 조향사의 능력은 제어하기 어렵고 통합되기 어려운 냄새분자의 조화에 달려 있다. 일반적으로 개개의 향료들은 제어 자체가 불가능하다. 각각의 냄새들은 그것이 좋은 것이건 나쁜 것이건 함께 맡아지기 때문이었다. 자칫하면 뒤죽박죽이다. 악취가 되어 사람의 후각을 피곤하게 만들 수도 있다. 그러나 강토는 복잡성을 띠는 천연향료조차도 쉬운 향료들처럼 익숙하게 다룰 수 있었다.

복잡다단한 향료를 통합해 원하는 향으로 재탄생시키는 것. 향과 향의 개성을 살리면서 더 아름다운 향으로 빚어내는 것. 그게 진짜 조향사였다.

다락방 조향 오르간 앞으로 컴백을 했다.

가방을 놓기 무섭게 수선화 앱솔루트부터 꺼내 들었다. 향이 코를 쫀다. 그 진한 향을 펼쳐 명품관과 이미지를 맞춰 본다. 수선화 앱솔루트의 이미지는 빛나는 정원이다. 정원에 가득한 풀과 꽃의 노래가 들리는 듯하다. 그 위에 치자꽃의 이미지를 펼쳐 본다. 사랑스러운 마음을 더하는 것이다.

여기에 아이리스가 나온다. 그냥 나오면 분위기가 내려간다. 하지만 페르시콜을 더하면 얘기가 달라진다. 칙칙한 녹색이 열정의 핑크로 바뀌는 것과 같다. 그것은 곧 호화스러움을 입히는 걸 의미했다.

포도주 주정을 준비했다.

수선화와 치자꽃 주스가 떨어지고 아이리스 주스도 떨어졌다. 이때까지의 향은 유혹이 아니었다.

하지만.

여기에 락톤 유도체, 즉 락톤의 10시 방향에 여섯 탄소분자의 사슬이 첨가된 페르시콜 분자. 이게 몇 방울 떨어지자 주정 속의 향 세계가 반전을 그리기 시작했다.

이 냄새의 정체는 아련한 복숭아 향이다. 그러나 그 활력은 단지 복숭아 향 이상이었다. 인공적인 착향제보다 빛나는 활력, 그것을 이루는 것이다.

톡.

한 방울을 더 떨구었다.

심심한 유혹 따위는 원하지 않았다. 이 냄새를 맡은 모든 사람들에게 치명적인 유혹. 그리하여 명품관의 물건들이 SOLD OUT 되어 버리는 사고(?)를 원했다.

눈을 감고 향을 음미했다.

그러다 문득 눈을 떴다.

만족스럽지만 아직도 1% 부족했다. 강토의 코가 오르간의 향료를 거칠게 더듬는다. 후각의 칼날이 네롤리 앞에서 멈췄다. 네롤리라면 활력을 업그레이드시킬 수 있었다. 그러나 패싱했다. 블랑쉬의 경험치가 떠오른 것이다.

시프레였다.

프랑스어로 시프레는 '사이프러스'를 뜻한다. 활력과 개성을 입히는 향이다. 고객 개개인을 자극하려면 단순한 네롤리보다 이 향이 제격이었다.

시프레 노트를 열었다.

다시 닫았다.

향이 만족스럽지 않았다. 재증류를 하면 조금 강화될 수 있겠지만 쉬운 길로 가지 않았다.

'리얼 시프레.'

강토의 생각이었다. 제법은 알고 있었다. 최고의 시프레를 만들기 위해서는 두 가지의 제약이 있었다. 첫째는 조향사의 탁월한 직관, 둘째는 사향과 용연향이 필요했다.

강토에게는.

두 가지가 다 있었다.

리얼 시프레를 위한 향료를 준비했다.

—에스프리 로즈 트리플.

—바닐라.

—통카 콩.

—오리스.

—사향과 용연향.

이 포뮬러의 기원은 19세기였다. 블랑쉬가 활동하던 때. 그때는 이게 혁명이었다. 그러나 현대의 시프레는 여기에서 또 가지를 친다. 파출리와 오크모스, 베르가모트를 더해 초고속 시대를 선도하고 있었다. 그것만으로도 모자라 온갖 합성 첨가물의 보조를 거느린다.

그중에서 파출리가 강토의 선택을 받았다. 파출리가 가진 최면성 향의 시너지를 기대했다.

흐음.

가볍게 들숨을 쉰다. 향료들이 후각망울에 닿았다. 그 상태로 연상 스케치를 시작한다. 전체적으로는 에스프리 로즈 트리플의 양이 많았다. 사향도 만만치 않다. 바닐라는 조금 줄어든다. 오리스와 통카 콩, 용연향은 미량이다. 파출리 역시 조금이면 되었다.

향료의 비율이 정해졌으니 바로 실전에 돌입했다. 어떤 향을 누르고 어떤 향을 강조할 것인가. 노트 컨트롤이 관건이다. 그런 다음에는 이 향이 지속되도록 고정을 시켜야 했다. 향료들의 조화는 물론 향이 증발하는 과정에서까지 안정성을 유지해야 하는 것이다.

찰랑.

플라스크를 살짝 건드려 준 후에 블로터를 담갔다 건져 올렸다.

이 시프레는 짜릿하고 황홀했다.

준비된 향수에 리얼 시프레를 떨어뜨렸다.

찰랑.

다시 플라스크가 물결을 일으켰다. 플라스크 입구에 코를 대 본다. 향이 모락모락 피어올랐다. 그래도 뭔가 아쉽다. 이 번에는 아몬드 향을 미량 떨구었다.

"……?"

기분이 단숨에 좋아졌다.

다소 충동적이기도 한 이 향.

'됐어.'

비로소 합격점을 내렸다.

용량이 많으니 주정보다 변성알코올 39−C가 어울리지만 주정으로 결정했다. 더불어 에칠헥실메톡시신나메이트를 시작으로 부틸페닐메칠프로피오날, 비에이치티 등의 착향제나 산화방지제 등도 일절 첨가하지 않는 쪽으로 갔다.

착향제 없이도 향조를 살릴 수 있는 블렌딩과 컴파운딩, 강토는 그 시전이 가능하기 때문이었다.

잠시 베란다의 바람을 쐬고 마무리에 들어갔다. 스케치가 끝났으니 '찐 작품'에 들어가는 것이다. 황홀한 정원과 플로럴의 설렘, 기분을 업그레이드시키는 아몬드 향. 그 추상이 용매 안에서 암호 코드처럼 풀려 나갔다.

[황홀한 지름신]

용연향의 기막힌 포용으로 모나고 삐죽거리던 향들이 매끈하게 정리되었다. 제목을 짓는 것을 끝으로 금란백화점에 쓸 향수 작업이 끝났다.

'상미에게 한번 체크해 볼까?'

제목을 상의하기 위해 상미에게 카톡을 넣었다.

[백화점 매출 향상을 위한 향수인데 황홀한 지름신 어때?]

[아직 근무 중?]

[자냐?]

상미는 답하지 않았다.

시계를 보니 밤 11시에 가까웠다. 예전이라면 아직 활동 마감이 멀었을 시간. 그러나 상미의 현실을 생각하니 생각이 바뀌었다. 직장 생활은 고달프다. 피곤해서 일찍 잘 수도 있으니 핸드폰을 거두었다.

황홀한 지름신.

그리 나쁜 작명도 아니었으므로.

[졸업 작품전]

이창길 교수의 마지막 실습 때 나온 말이었다.

조향학과의 전통이자 통과의례였다.

1인 1작품 이상의 미션이 나왔다. 다만 취업으로 잘 나오지 않는 학생들은 예외가 인정되었다. 옴니스에서는 상미가 그랬다. 상미를 본 지도 꽤 되었다. 최근 들어서는 수업을 자주 빼먹는 까닭이었다. 그제야 알았다. 이제 정말 졸업이 코앞이라는 것.

준서의 초콜릿은 점점 더 좋아졌다. 모양도 그렇지만 맛에도 차별화가 뚜렷했다. 개업할 점포도 알아보는 중이란다.

그는 성공한다.

강토는 믿어 의심치 않았다. 혹시 시련이 온다고 해도 준서는 잘 헤쳐 나갈 사람이었다.

"와아, 이게 다 뭐야?"

실습이 끝날 무렵, 강토 가방 안의 향수를 본 다인이 입을 쩌억 벌렸다. 거대 용량의 향수병을 본 것이다.

"아, 오늘 쓸 향수야."

"뭔데 이렇게 많이?"

"백화점용."

"백화점 납품도 땄어?"

"그럴까?"

강토 대답은 애매모호했다.

"야아."

"그게 아니고 우리 할아버지 그림 전시회 따내기 위한 거야."

"뭐래?"

"오늘 알바 없냐?"

"웅, 이번 주는 오프."

"그럼 나랑 가자. 알바비도 받아 주고 재미난 경험도 시켜 줄게."

"진짜?"

"웅."

"그럼 닥치고 오케이지."

다인의 수락이 나올 때 이창길의 호출이 들어왔다.

"조금만 기다려. 후딱 다녀올게."

강토가 실습실을 나왔다.

"어서 오게."

조향 오르간 앞에 있던 그가 강토를 반겼다.

"시향 좀 해 보게."

그가 향수 다섯 병을 꺼내 놓았다. 레이블이 붙지 않은 것으로 보아 그가 만든 작품 같았다. 시향을 하라니 시향을 했다. 향수는 다양했다. 우디만을 강조한 것부터 머스크 중심의 향수, 고전풍의 플로럴과 파우더리, 마린 노트 등이었다.

어제오늘 만든 것은 아니었다. 향이 제대로 숙성된 것이다.

"어때?"

"좋은데요?"

"그냥 좋은 거 말고, 명품 향수들이랑 비교해서 말해 보게."

"어코드가 안정적이니 명품이라고 해도 믿을 것 같습니다."

"정말인가?"

"예."

"그중 하나를 선택한다면?"

"마린입니다. 검푸른 파도가 후각을 덮어 버릴 듯 시원하네요."

"그래?"

"교수님 작품이군요?"

향을 맡으면서 확신했다. 향수에도 개성과 특성이 있다. 최상급의 조향사가 되면 냄새를 맡는 것만으로 어느 조향사의 작품인지도 알 수 있었다.

"맞아. 의뢰를 받은 게 있어서 말이야."

"대박 나시기 바랍니다."

"자네는 어떤가? 제이미 말을 듣자니 연예인들 사이에 화제가 되고 있다고 하던데? 자기 입지가 위태롭다나?"

"손 여사님 덕분에 시그니처 몇 개 의뢰를 받았습니다."

"잘됐군. 그쪽 시그니처가 여러모로 괜찮은 모양이니 잘해 보게나. 좋은 작품 나오면 나도 좀 시향 시켜 주고."

"예."

"그리고 우리 집사람은 치료가 끝났네. 결절 부위가 작아서

두 번의 치료로 싹 지워졌다고 하더군. 1년 후에 보자고 했다
는데 큰 걱정 안 해도 된다는 거야."

"잘됐네요."

"자네 덕분일세."

이창길이 웃었다. 인사를 하고 실습실로 돌아왔다. 모두가
돌아간 곳에서 다인이 기다리고 있었다.

"가자."

강토가 앞섰다. 목적지는 금란백화점이었다.

고객 유인에 매출 신장.

마침내 시험의 그날이 온 것이다.

*   *   *

"어머."

향수를 받아 든 심영화가 숨을 멈췄다. 심바의 향이었다.
그 체취를 조금 강하게 하는 한편 개들 특유의 냄새를 살짝
더했다. 동시에 잡내는 시더우드와 오리스로 매끈하게 정리하
고 향의 빠른 증발을 막는 억제제로 사용했다. 한마디로 젊은
심바의 냄새였다.

"여보."

그녀가 박광수에게 블로터를 건넸다.

"……!"

박광수의 시선도 출렁거린다. 심바가 가까이 있는 듯한 그 냄새였다.

"기가 막히군."

두어 번 맡더니 바로 혀를 내두른다.

"그렇죠?"

"허헛, 설마 했더니……."

"이거 한 병뿐인가요?"

심영화가 강토를 바라보았다.

"아닙니다. 만드는 김에 여러 병 만들었습니다. 좋은 고정제를 썼으니 빛이 안 드는 곳에 두시면 오래 쓸 수 있을 겁니다."

강토가 향수를 꺼내 놓았다. 심바의 체취를 담은 향수는 100㎖ 열 병이었다.

"아휴, 이렇게나 많이……."

심영화가 안도한다. 그 정도면 거의 평생 쓸 수 있는 양이었다.

"이 고마움을 뭘로 갚죠? 식사 시간 되었는데 일단 밥부터 먹어요."

"저는 할 일이 남았는데요?"

"어머, 명품관 전시회."

심영화가 뭔가 떠오른 듯 박광수를 돌아보았다.

"정말 그런 향수를 만들었나?"

박광수가 강토에게 물었다.

"말보다 향으로 증명하겠습니다."

강토가 또 다른 향수를 꺼내 놓았다. 대용량으로 두 병이었다.

＊　　　　＊　　　　＊

"여기예요."

안내는 심영화가 맡았다. 명품관으로 내려가 플로어 매니저를 불렀다. 그런 다음에 강토를 소개했다. 매니저는 좀 난감한 표정이었다. 회장 사모님의 지시니 따르지 않을 수 없었다. 하지만 그러기에는 강토가 너무 어렸다.

"정 그러면 폐점 한 시간 전쯤에 하시죠. 곧 고객이 많이 올 시간이라……"

그가 시계를 보았다. 백화점은 오픈 후 2시간, 폐점하기 1시간 전이 가장 한가하다. 지금은 점심 식사 시간 직후라 사람들이 많아질 때였다.

"저는 지금을 원합니다."

강토가 고집을 부렸다.

"매니저님."

매니저가 난색을 표하기도 전에 심영화의 명령이 떨어졌다.

"강토 씨가 원하는 대로 해 주세요."

"사모님."

"내가 책임질게요."

심영화가 쐐기를 박는다. 책임지겠다는 데에야 더는 고집부릴 수 없는 매니저였다.

"여기 어느 부스가 가장 비싼 상품을 취급하죠?"

강토가 매니저에게 물었다.

"그건 왜요?"

매니저의 대답은 퉁명스러웠다.

"매출을 올리려면 비싼 물건을 중심으로 팔아야 하겠죠? 그 차례를 설명해 주세요."

"……."

"해 주세요."

매니저가 황당해하자 심영화가 또 지원을 했다.

"다인아."

매장 파악이 끝나자 강토가 다인을 끌었다.

"사모님."

매니저는 아예 울상이었다.

"불안해요?"

"솔직히……."

"어려 보여도 조향 실력이 보통 아니에요."

"사모님, 향수로 고객을 유인하는 건 지금도 하고 있지만 큰 효과는……."

"다를 수 있잖아요? 조향사 실력에 따라서."

심영화의 시선은 강토에게 있었다. 입구로 나간 강토가 다인에게 뭔가를 지시하고 있었다.

　치잇.

　동선을 따라 향수가 분사되었다. 손님들 모르게 주의 깊은 분사였다. 명품관 입구를 시작으로 고가의 상품을 취급하는 코너까지 이어진다. 입구는 듬뿍, 코너는 매출에 따라.

　원래는 디퓨저가 필요했다. 하지만 시범이다 보니 향수로 대신하는 강토였다.

　"향 좋은데요?"

　향이 퍼지자 심영화가 웃었다. 하지만 매니저는 여전히 굳어 있었다. 30분이 지나고 1시간이 지난다. 고객이 붐비는 점심시간 직후가 되었다.

　특별한 변화는 없었다. 고객 숫자도 그렇고 매출도 그랬다. 향수의 유인 효과와 매출 증대 효과는 거의 나타나지 않았다.

　그럼에도 불구하고 강토와 다인의 향수 분사는 멈추지 않았다. 입구에서 고가 코너까지. 벌써 네 번째 이어지는 분사였다.

　"이제 그만하죠?"

　다인에게 매니저가 다가섰다. 더 이상 볼 게 없다는 표정이었다. 그 곁으로 강토가 다가왔다.

　"죄송하지만 제가 계산한 시간은 지금부터거든요."

　"지금부터?"

"이 향수는 뿌린 지 1시간 정도 지나야 향이 가장 매혹적으로 변합니다. 그러니까 바로 지금."

강토가 고개를 돌렸다. 명품관 입구 쪽이었다. 허공을 두리번거리는 여자들의 꼬리가 길어지고 있었다. 그게 신호였다. 고객들이 코를 큼큼거리나 싶더니 하나둘 명품관으로 유입되었다. 신기하게도 매출이 높은 코너 순서로 몰렸다.

입질이다. 매상이 오르기 시작했다. 평소 같으면 간만 보거나 윈도쇼핑으로 끝나는 고객이 많았지만 구매 고객의 비율이 월등하게 많아진 것이다.

"계속해도 되겠죠?"

강토가 매니저를 바라보았다. 그 눈은 이미 허락 따위를 구하는 눈빛이 아니었다.

제8장

—

불량 조향사

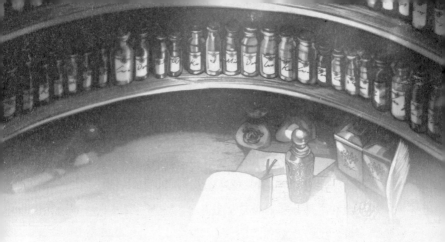

"여보."

심영화가 회장실을 박차고 들어섰다.

"이 사람 왜 이래?"

박광수가 난색을 표했다. 식품관의 플로어 매니저와 특산품 문제를 상의하던 중이기 때문이었다.

"그게 아니고 강토 씨 말이에요."

"그 학생?"

"예."

"왜? 뭐가 잘못됐어?"

"잘못됐죠. 직접 가서 보세요."

"……?"

놀란 박광수가 복도로 나왔다.

"……!"

엘리베이터 문이 열리자 눈이 휘둥그레졌다. 명품관이었다. 매장 안의 풍경이 다른 때와 달랐다. 마치 희귀템 세일을 하는 날처럼 사람이 붐비고 있었다.

"회장님."

안으로 들어서자 매니저가 달려왔다. 박광수의 눈은 다른 곳에 꽂혀 있었다. 강토와 다인이었다. 매출이 높은 코너를 중심으로 은밀하게 향수를 뿌리고 있었다. 다인이 보조였다.

"아휴."

숨을 참던 심영화, 박광수가 돌아보자 놀라운 말을 꺼냈다.

"나도 쇼핑하고 싶어요."

그사이에도 고객들이 밀려들고 있었다. 이제는 명품관이 가득 찰 정도였다. 그냥 눈요기나 하는 고객들이 아니었다. 다들 물건을 고르고 카드를 긁느라 정신이 없다. 빅세일 기간에도 보기 드문 광경이었다.

"저기요."

향수 코너에서 여자들 목소리가 들려온다.

"지금 이 향 말이에요. 이거 무슨 향이죠? 이건 어디서 팔아요?"

한두 사람의 요청이 아니다.

박광수가 냄새에 집중한다. 그는 향수를 잘 모른다. 그래도 느낌은 알 수 있다. 저절로 취한다. 그러면서도 기분이 좋다. 살짝 들뜨나 싶더니 뭔가 막 사고 싶은 생각이 드는 것이다.

쇼핑하고 싶어요.

그제야 아내의 말을 이해하는 박광수였다.

구석으로 물러난 강토가 보였다. 거기서 고객을 관조하고 있다. 마치 거대한 무대의 전체를 아우르는 연출자처럼 보였다.

"……!"

어리지만 절대적인 연출자. 향으로 고객의 마음을 후리는 조향사. 박광수의 눈에 들어온 강토 모습이 그랬다.

광풍은 향수와 함께 끝이 났다.

강토가 향수 뿌리기를 멈춘 지 정확하게 4시간 후였다. 사람들의 발길이 뜸해지나 싶더니 평범한 풍경으로 돌아간 것이다.

"회장님."

통계를 뽑은 플로어 매니저가 달려왔다.

"평소 같은 요일, 같은 시간 대비 160% 신장입니다."

매니저의 보고는 차라리 비명처럼 들렸다.

"160%? 16%도 아니고?"

"네, 초고가 제품을 중심으로 많이 나가는 바람에 매출이 확 올랐습니다."

"강토 씨는 어디 있나?"

"글쎄요, 아까 식품관으로 가는 것 같던데……."

"뭐 하나? 가서 모셔 오지 않고?"

"예? 예⋯⋯."

"내 방으로 모시도록. 정중하게."

묵직한 지시를 남긴 박광수가 엘리베이터로 걸었다. 그 앞에서 다시 명품관을 돌아본다. 그 향이 아직도 콧가에 아른거렸다.

우연인가?

혼자 중얼거린다.

그러나 우연일 리 없었다. 오늘은 특별한 이슈도 없었고 VIP 초대 광고나 홍보가 나간 것도 아니었다. 1~2%, 아니, 5% 정도였다면 우연으로 치부할 수도 있었다. 그러나 무려 160% 매출 신장. 박광수는 엘리베이터 문이 열렸다가 닫히는 것도 모른 채 명품관을 바라보고 있었다.

"회장님."

복도에 내리자 간부들이 보였다. 소식을 듣고 달려온 것이다.

"어떻게 된 일입니까?"

그들이 이구동성으로 물었다.

"내가 할 소리."

"⋯⋯?"

"명품관 매니저에게 무엇을 들었나?"

"한 젊은 친구가 향수로 고객을 유도해 매상을 올렸다고⋯⋯."

"내 말은 자네들이 그런 방법을 왜 몰랐냐는 거야."

"향수로 고객을 유인하는 방법은 우리도 진작 도입했지만⋯⋯."

"향수가 다 같나? 제대로 된 걸 찾아냈어야지?"

박광수는 간부들을 일축하고 걸었다. 매출 증대 방법에 대해 코로나로 인한 소비심리 위축과 온라인쇼핑의 강세를 방패로 내세우던 사람들. 그에 대한 질책의 마음이 제대로 실렸다.

"회장님."

회장실에 들어서자 명품관 매니저가 박광수를 맞았다. 강토와 다인, 심영화도 그 자리에 있었다.

"아까 그 향수 말일세. 좀 볼 수 있겠나?"

박광수가 강토를 바라보았다.

"그러시죠."

강토가 대용량 향수병을 건네주었다.

박광수가 향수 스프레이에 코를 가져간다. 숨을 들이마시며 향수를 맡는다. 냄새는 좋았다. 그러나 박광수에게는 여전히 '그저 좋은' 냄새의 향수일 뿐이었다.

"이거… 대체 성분이 뭔가?"

"진짜 향수입니다. 향수 용어로는 오 드 퍼퓸이라고 할 수 있겠죠."

"내 말은……."

"성분은 주로 플로럴 계열의……."

"플로럴이라……."

"몸에 해로울 만한 성분은 들어 있지 않습니다. 회장님께 드릴 테니 분석해 보셔도 좋습니다."

"나에게 준다?"

"약속 아니었습니까? 제가 매출을 증대시키면 저희 할아버지 전시회에 더불어 그 향수의 비용을 주시겠다고……."

"그랬지."

"그러니 남은 향수는 회장님 소유입니다. 얼마 되지 않습니다만."

"향수를 제대로 쓰면 고객이 점내에 머무는 시간을 늘리고 돈을 많이 쓰도록 만든다……."

박광수의 중얼거림은 계속 이어졌다.

"이게 바로 그 향수다……?"

"그렇습니다."

"서 매니저."

박광수가 플로어 매니저를 불렀다.

"예, 회장님."

"오늘 동 시간대에 신장된 매출 이익 말일세, 정산해서 현금으로 가져오게."

"이익 전부를 현금으로 말입니까?"

"그래."

"죄송하지만 제게 주실 향수 비용입니까?"

강토가 잠시 제동을 걸었다.

"그렇네만."

"그렇다면 여기 이 친구 알바비도 같이 부탁드립니다."

강토가 다인을 가리켰다. 받을 건 받으려는 강토였다. 풉,

박광수가 웃었다. 기분 나쁜 표정은 아니었다.

매니저가 돌아왔다. 봉투는 두 개였다.

"윤강토."

봉투를 받아 든 박광수가 강토를 바라보았다.

"예."

"오늘 매출 신장 이익금 전부네. 향수 비용으로 치르지."

"감사합니다."

"아울러 자네 할아버지 전시회도 허락하네. 그 또한 자네가 원하는 대로 스케줄을 맞춰 보도록 하지."

"네⋯⋯."

"다만 짚고 넘어갈 게 있네."

"그날도 이런 향수를 써 달라는 거겠죠?"

"맞아."

"염려 마십시오. 다만 비용은 역시 회장님이 대셔야 합니다."

"문제없네. 오늘처럼 매출이 신장된다면야."

"그걸 못 한다면 시그니처가 아니죠."

"시그니처?"

"금란백화점 전용의 시그니처 말입니다."

강토 대답은 시원했다.

"좋아. 하지만 아직 한 가지가 남았네."

"말씀하십시오."

"그때도 이 향수의 효과가 증명된다면 우리 백화점과 전속 계약을 해 주시게. 1년 내내 공급하는 것으로 말일세. 가능하 겠나?"

"당연하죠."

"그럼 일단 구두계약이 된 걸세?"

"네."

"허엇, 이거야 원… 벌써 세 번을 놀라지 않나? 처음에는 SS병 원에서 폐암 때문에, 또 한 번은 우리 심바의 냄새, 또 한 번은 이 향수……."

박광수는 흡족한 마음을 감추지 못했다.

"전시회는 한 달 안에 열도록 해 주시면 고맙겠습니다. 그림 은 거의 다 준비가 되었거든요."

"서 매니저, 들었나?"

박광수가 매니저를 돌아보았다.

"예, 회장님."

"그럼 죄송하지만 전시회 요청 문서 하나만 만들어 주시겠 어요. 그래야 할아버지가 제대로 믿으실 거 같아서요."

강토가 청하자 박광수가 고개를 끄덕였다.

"그럼 저는 이만… 할아버지에게 빨리 희소식을 전해야겠습 니다."

서류를 받아 든 강토가 일어섰다.

"어머, 그럼 나는요? 우리 심바 향에 대해 사례도 못 했는데?"

심영화가 강토 손을 잡았다.

"저희 할아버지에게 전시의 기회를 주셨잖습니까? 그걸로 만족합니다."

"그, 그래도……."

어쩔 줄 모르는 심영화를 두고 복도로 나왔다.

"와아, 윤강토."

다인의 두 눈에서 별이 반짝거렸다.

"새삼스레 왜? 이거나 받아라."

강토가 알바비 봉투를 안겨 주었다.

"지금 이게 중요한 게 아니잖아? 자그마치 금란백화점하고 향수 계약을 한 거야."

"잠깐만, 할아버지에게 먼저 좀 알려 드리고……."

강토가 문자를 찍었다.

[금란백화점 전시회 확정요, 그림 빨리 완성하세요.]

문자를 발송했다. 톡 쏘는 너트메그처럼 짜릿하고 이중결합의 헥사날처럼 달콤한 기분이었다.

"아오, 이런 날은 우리 옴니스가 뭉쳐야 하는데……."

다인이 아쉬운 표정을 짓는다.

"그럼 상미에게 가 볼까? 요즘 바쁜지 카톡도 다 씹어 버리던데?"

"상미?"

강토의 말에 다인의 표정이 무겁게 변했다.

"뭐야? 그 표정은?"

"그게……."

다인이 강토 눈길을 피한다. 강토가 모르는 무엇이 있는 모양이었다.

"상미, 문제 있구나?"

"그게 아니고……."

"아니면? 나도 저번에 그 공방에 갔다가 본 게 있어. 그러니까 까 봐라."

"너도 봤어?"

"그럼 너도?"

"아, 씨… 상미 아무래도 취업 사기 당한 거 같아."

"취업 사기? 왜?"

"이 기집애가 자세히 말은 안 하는데 느낌이 그래. 이것 좀 봐."

다인이 화면 캡처를 내밀었다. 가짜 조향사 '유하리'를 고발하는 페이스북 글귀였다.

"유하리? 상미네 대표는 줄리안이잖아?"

"같은 인물인 거 같아. 오사카에서 한국인들 상대로 일류 조향사 흉내 내다가 들켜서 서울로 왔다는 소문이야."

"오사카?"

"상미가 취업하고 얼마 후에 향수 좀 사 달라고 연락이 왔어. 호기심에 친구들 데리고 나갔는데 아무리 네임드라지만 소분된 향수치고 너무나 비싼 거야. 상미 얼굴 봐서 한 세트 15만 원에 사기는 했는데……."

다인이 향수병 몇 개를 꺼내 놓았다.

"응?"

향을 음미하던 강토가 다인을 바라보았다.

네 개가 한 세트.

첫 향수는 명품 수준이었다. 스위트피를 소재로 만든 향이 로맨틱의 정수였다. 특유의 달콤함도 제대로 살려 낸 어코드였다.

문제는 그 이후였다. 나머지 세 향수는 개밥이었다. 한 개는 거의 악취에 가까웠고 나머지 두 개 역시 어코드가 엉망이었다.

"어코드의 차이가 너무 심하네?"

강토의 총평이었다.

"그렇지?"

"응, 처음 건 굉장히 안정적인데 나머지는 거의 초보 수준이야."

"그러니까 취업 사기라는 거지. 얘기 들어 보니까 직원들을 아주 판매 사원처럼 볶아 먹는대. 하루 할당량 못 채우면 온갖 인격 모독에……."

"그럼 그만두면 되지?"

"다른 직원들은 그런다는데 상미가 기대가 컸잖아? 언니한테도 향수 전문 공방 취직했다고 자랑 좀 했나 봐. 그러다 보니 차마 그만두기가 쉽지 않고… 게다가 보증금까지 맡긴 터라서……."

"보증금?"

"그 악질이 고가 향수 관리를 맡긴다는 명목으로 200만 원을 내라고 했대. 그만둘 때는 언제든 돌려준다고 해서 어떻게 마련해다 줬는데 이제 와서 고객 관리 부실이다 뭐다 해서 손해배상비로 까자고 그런대."

"월급은?"

"그것도 없나 봐. 이 기집애가 유명한 향수 공방 들어간다는 기쁨에 2개월 수습 계약에 사인을 했나 봐."

"허얼."

"게다가 네가 준 향수도 다 털리고……."

"내 향수는 또 왜?"

"상미 거 보더니 참고한다고 빌려 가 놓고는 돌려줬다고 우긴다는 거야. 거기 최 실장이라는 여자가 있는데 그 여자가 돌려주는 거 봤다고 하니 상미는 미칠 지경이고."

"조향사가 아니라 빌런이네."

"안 그래도 네 얘기 하더라. 카톡 오는데 차마 말하지 못하고 있다고. 혹시 자기 얘기 묻거든 모른다고 해 달라고… 보증금으로 맡긴 200만 원만 받아도 나올 생각인데……."

"가자."

강토 표정이 변했다.

"어딜?"

"상미에게."

"지금?"

"아니면? 우리가 구해 줘야지. 상미 돈이 어떤 돈인데… 그거 보나 마나 알바 하면서 밥도 제대로 안 먹고 모았을 돈 아냐?"

"그거야……."

"게다가 이런 걸 네임드 향수라고 팔아먹다니… 용서 못 하지."

강토가 앞장을 섰다.

*　　　*　　　*

"바로 쳐들어가는 거야?"

줄리안의 공방 앞에서 다인이 호흡을 가다듬었다.

"잠깐만."

강토가 다인을 막았다. 줄리안의 공방은 한가해 보였다. 강토가 노리는 타이밍이 아니었다. 30분쯤 지나자 두 대의 자가용이 그 앞에 멈췄다. 그러자 최 실장이라는 여자가 바람처럼 달려 나왔다. 상미와 다른 여직원 하나가 그 뒤를 따랐다. 최 실장은 비굴할 정도로 과잉 친절 모드로 아줌마들을 모시고 들어갔다.

"지금이야."

강토가 마시던 커피를 쓰레기통에 던졌다.

"지금? 손님이 저렇게 많은데?"

"그러니까 지금이라는 거야. 너는 상미나 잘 관리해."

강토는 주저가 없었다.

"어서 오……?"

아줌마들 시중을 들던 상미가 돌아본다. 하지만 바로 눈이 휘둥그레진다. 다인과 강토였다. 다인이 쉬잇 하고 눈짓을 보냈다.

아줌마들은 줄리안과 최 실장의 설명을 듣고 있었다. 치장에 체취를 보니 대략 사는 사람들이다. 하지만 향수는 저급하고 패션과 보석들이 어울리지 않으니 내력 있는 상류층은 아니었다.

줄리안과 최 실장은 필사적이다. 온갖 향수와 에센스를 꺼내 놓고 감언이설의 폭풍을 날리고 있었다. 분위기로 보아 매상 좀 제대로 올리려는 것 같았다.

"저기요."

강토가 그 무리로 다가섰다. 손에는 다인에게서 받은 미니 향수 네 개가 들려 있었다. 사기꾼의 목줄을 조일 증거는 그것으로 충분했다.

*　　　　*　　　　*

"뭐죠?"

최 실장이라는 여자가 먼저 나섰다.

"줄리안 선생님 좀 뵈려고요."

"보시다시피 지금 VVIP들이 오셔서요. 저쪽에서 좀 기다려 주시겠어요? 상미 씨, 뭐 해? 이분들 좀 모셔."

최 실장이 상미에게 눈치를 주었다.

"미안하지만 제가 좀 급하거든요."

강토가 최 실장 말을 씹었다.

"이봐요. 지금 우리 선생님은 VVIP를……."

"향수 때문에요. 네 개 세트던데 하나는 구딸파리 샤 페르 쉐 오 드 뚜왈렛 진품이고, 또 하나는 플라워바이겐조의 오 드 비인데 오 드 코롱이 반이에요. 그리고 나머지 아쿠아 디 피오리와 겔랑의 베티베르의 일부에는 싸이클로메치콘이 절반 가깝단 말이죠."

"이 사람이 지금 뭐라는 거야?"

최 실장이 강토에게 오만을 떨었다.

"당신 말고 줄리안 선생 말입니다."

강토가 최 실장을 패싱해 버렸다.

"뭐 하는 사람이죠?"

줄리안이 강토를 바라보았다. 사람들 앞이라고 폭풍 위엄이 실린 목소리였다.

"향수 때문에 말입니다. 잠깐 지도 좀 받고 싶어서요. 이 오

드 비. 오렌지 블로썸과 불가리안 로즈, 통카 콩을 코코넛과 캐러멜 향으로 구현한 비기가 굉장히 궁금하거든요."

치잇.

스프레이를 누르며 쐐기를 박는다.

"그것도 딱 하프."

하프.

거기 굵은 방점을 찍었다.

[절반은 사기잖아?]

강토의 시위에 담긴 뜻이었다.

그 말에 줄리안이 반응을 했다. 눈매가 서늘해진 것이다.

"다른 향수도 궁금해요. 착향제와 보습제. 그리고 고정제 말이죠. 이게 헤비하던 바디의 밸런스를 깨뜨리는데 무차별적이란 말이에요. 다른 것 역시 리프팅이 부족하고 마스킹 처리도 영……."

치잇.

또 다른 향수가 분출되었다.

"이건 하프의 하프나 되려나? 이렇게 되면 퍼퓸의 몰락인데……."

"여사님들, 잠깐만요."

결국 줄리안이 일어섰다.

"따라와요."

도도한 힐 소리와 함께 조향실 안으로 들어간다. 찡긋 다인에게 윙크를 남긴 강토가 그 뒤를 따랐다.

"뭐야?"

최 실장이 인상을 쓰지만 오래가지 않았다.

"최 실장, 이 향수 말이야."

VIP들의 질문이 날아들었다. 그녀는 금세 친절 모드로 돌아가 VIP들의 비위를 맞추기 시작했다.

"다인아."

불안한 건 상미였다. 울상이 된 눈으로 다인을 바라보지만 다인 역시 윙크를 던질 뿐이었다.

탁.

강토가 들어서자 조향실 문이 닫혔다.

"비기를 알고 싶다고?"

조향 오르간 앞에 앉은 줄리안이 다리를 꼬았다. 시니컬한 눈매로 강토를 쏘아본다. 그 어깨 위로 지보단 수료증과 각종 영어 인증서가 보였다. 뉴욕시의 인증서와 미국 유명 영화배우들과의 인증 샷도 있다. 많기도 했다. 어쨌든 오르간은 제대로였다. 적어도 겉보기에는. 향료 숫자도 많았고 온갖 에센스와 앱솔루트도 다양했다. 향수에 대해 잘 모르는 사람이라면 대가의 오르간으로 착각할 수도 있었다.

하지만 강토 코는 속일 수 없었다.

들어서는 순간 이미 그녀의 허위를 눈치챈 것이다.

냄새였다.

첫째는 그녀의 지보단 수료증이었다.

그라스에서 보았던 스타니슬라스의 수료증과 라파엘 교수의 수료증. 그녀의 것까지 세 개를 보았지만 그녀 수료증에서 풍기는 잉크 냄새만 이질적이었다. 종이 또한 그랬다. 이 종이에서 나는 냄새는 한국적이었다. 그게 무슨 뜻일까?

나아가 그녀의 오르간 배열은 불손했다. 한쪽 끝에 잔뜩 자리 잡은 용매와 정제수, 보습제 등이 그랬다. 그 세 가지의 품질에는 이상이 없었지만 그렇게 많은 비중을 차지해야 할 재료들이 아니었다. 그 또한 무슨 뜻일까?

마지막으로 그녀였다.

나이는 40대 초반이었다. 지보단의 수료증 날짜로 유추하자면 향수 제작에 종사한 지 대략 20여 년이다. 그렇다면 그녀의 몸에는 온갖 향료의 냄새 분자가 은은하게 우러나야 했다. 하지만 그녀에게서 나는 건 무리하도록 뿌려 댄 시더우드의 향뿐이었다.

"네, 비기."

강토가 답했다.

"뭐 하는 사람이야?"

그녀 목소리가 냉소와 오만의 극치를 달린다.

"조향사입니다만."

"조향사? 풉."

비웃던 얼굴에 불쾌함까지 달라붙는다.

"그 나이에? 어디 국내 학원 정도는 수료한 모양이지?"

"물론 당신처럼 지보단을 나오지는 않았습니다."

"그래도 자격증은 제대로 보이는 모양이군. 그럼 어디 가서 조향사라는 말 함부로 쓰지 마. 국내 학원 수료자가 조향사면 나는 조향의 여신이라고."

"상관없고, 이 향수들 말입니다."

탁.

소형 향수 네 개를 거칠게, 그녀의 오르간 위에 던져 주었다. 네 향수가 멋대로 뒹군다. 그중 하나가 바닥으로 떨어져 그녀의 하이힐에 닿았다.

"뭐 하는 짓이야?"

그녀가 발끈 목청을 높였다.

"조향의 신이라면서요? 제가 보니 하나는 진품이지만 나머지는 전부 위조입니다. 동종 계열의 싸구려 향수에 용매와 정제수, 착향제와 보습제 등을 섞어 용량을 늘린."

"뭐야?"

"아닙니까?"

"이게 어디서 수작이야? 이건 소분 향수라는 거야. 명품이나 니치 제품은 가격이 부담스러우니까 쪼개서 파는 뉴 마케팅."

"그렇다면 쩐 마법의 손이로군요. 소분만 했는데 향수 원액 오일 비율이 줄어들었다?"

"뭐야?"

"아무튼 환불 부탁합니다."

"이게 지금 누구 앞에서."

책상을 치더니 눈까지 부라린다. 그런 줄리안 따위는 무시하고 지보단 수료증 액자 앞으로 걸었다. ×개도 자기 집에서는 텃세 먹고 들어간다고? 천만의 말씀. 향수의 세계라면 이 향수 오르간 앞에 거물 조향사가 앉았다고 해도 강토에게는 통하지 않았다.

그녀가 보란 듯이.

액자를 살며시 떼어 냈다.

"당신이 지보단을 수료했다고요?"

"지금 누구 물건에 손을 대는 거야?"

와작.

줄리안이 손을 내밀자 강토가 액자를 박살 내 버렸다. 말릴 사이도 없이 전격적이었다.

"……?"

"액자값은 물어 드리죠. 그런데 이 수료증 말입니다. 제가 찐 수료증을 몇 개 보았는데 그것과는 아주 다른 냄새가 나거든요. 게다가 종이 역시 한국산인 거 같은데 어떻게 생각하십니까? 지보단에 공식 감정을 의뢰해도 될까요?"

"너 뭐 하는 사람이야?"

"조향사라고 말씀드렸을 텐데요?"

"장난해?"

"저 향수들 당신이 위조했죠? 세 번째 향수에는 싸이클로메

치콘 25%에 정제수 10%, 보습제로 글리세린, 네 번째 향수에는 역시 알코올 20%, 정제수 10%, 그리고 히알루론산에 벤질 살리실레이트, 황색4호 미량⋯⋯."

"⋯⋯?"

"그것 역시 공식 감정 의뢰해 드려요?"

"⋯⋯."

빼박 팩트 저격에 놀란 줄리안이 하얗게 질려 버렸다. 그건 최 실장도 모르는 일이었다. 그런 사실을 귀신처럼 짚어 대니 뭐라 할 말이 없는 것이다.

"향수 오르간에도 그 흔적들이 가득하군요. 최고의 향료가 일부 보이지만 그건 홍보용 앤드 과시용 덕질이겠죠. 전체적 배치로 보아 이 오르간은 진품 향수의 용량을 늘려 먹는 배치 아닙니까? 그렇지 않다면 누구도 변색방지제와 착향제, 보습제 등을 저렇게 많이 배열하지는 않을 테니까요."

"지금 무슨 증거로 그런 말을 하는 거야? 증거 있어?"

"증거요? 저쪽 벽에 가득하지 않습니까?"

강토가 창가로 걸음을 옮겼다. 거기 소형 향수병들이 가득했다. 전부 그런 향수였다. 진품을 묽게 만든, 간단히 말하면 진품 오 드 퍼퓸을 오 드 코롱급으로 만든 것들이었다.

치잇.

강토가 그중 하나를 뿌렸다.

"프라다의 아이리스 세더로군요? 정확하게 하프 농도로 묽어진"

"손대지 마."

줄리안이 달려들었다.

"손댈 생각 없습니다. 탐낼 만큼 좋은 향수도 아니고요."

"뭘 원하는 거야?"

"일단은 환불이죠."

"……"

"하나 빼고는 전부 가짜니까."

"주지."

"이단은 배상미에게 받은 보증금 반환."

"배상미?"

"삼단은 배상미 월급 정산."

"배상미가 찌른 거야?"

"찔러? 당신, 몰라서 물어? 상미는 이런 거 찌를 만큼 후각이 좋은 사람이 아니야."

강토가 줄리안을 닦아세웠다. 자신의 잘못을 반성하기는커녕 남을 탓하니 분노가 폭발한 것이다.

"……"

"마지막으로 사단. 상미에게 뺏은 향수 반환. 그거 사실 내 작품이거든."

"뭐라고?"

"어디 있는지 알고 있으니 그건 내가 회수하죠."

강토가 오르간의 작은 서랍을 열었다. 거기 상미가 뺏긴 향수가 있었다.

"알았어. 뭔가 오해가 있는 모양인데 돌려주지. 대신 지금은 현금이 없고 조용히 돌아가면 내일까지 입금시켜 주겠어."

"No, 지금 당장."

"현금이 없다잖아?"

"이 안에서 현금 냄새가 나는데도? 적어도 2천 만 원이야."

강토가 작은 상자를 가리켰다. 안에 든 돈 냄새까지 맡아 버리니 줄리안은 할 말이 없었다.

"아니면 신고 들어갑니다. 여기 별로 오래 머물고 싶지도 않거든요."

강토가 핸드폰을 뽑아 들었다.

"알았어. 준다고. 주면 될 거 아냐?"

줄리안이 핸드폰을 막았다. 그러더니 상자를 열어 200만 원을 꺼냈다. 그 위에 100만 원을 보탠다.

강토가 고개를 저었다.

"최소한 최저임금은 주셔야죠."

그제야 200만 원이 더 올라왔다.

"환불이 남았습니다."

"미친……."

줄리안이 15만 원을 날렸다.

"고맙습니다."

그 돈까지 챙긴 강토가 시니컬한 인사를 두고 돌아섰다.

"아, 이건 액자값요."

문 앞에서 5만 원을 날려 주었다. 미친 듯이 구겨지는 줄리안의 얼굴 따위는 보지도 않았다.

"가자."

매장으로 나와 다인과 상미를 불렀다.

"강토야……."

"다 해결되었어. 그러니까 가방 챙겨 와."

상미에게 현금을 보여 주었다.

"어떻게 된 거야?"

밖으로 나오자 다인이 먼저 물었다.

"저 여자가 짝퉁이잖아? 지보단 수료증부터 각종 인증서까지 다 위조더라고. 중요한 건 이 향수들과 그 여자 마음까지 짝퉁 인격이라는 거. 그걸 들이대니까 알아듣고 돈으로 무마하던데?"

"진짜?"

"배상미."

강토가 상미를 바라보았다.

"왜?"

그녀 목소리가 기어 들어간다. 열혈 소녀 배상미. 그녀도 사회의 냉혹함 앞에서는 기가 죽는 모양이었다.

"200만 원 보증금하고 그동안 일한 월급, 그리고 뺏겼던 네 향수들."

강토가 돈과 향수를 돌려주었다.

"강토야……."

"미안하지만 나는 굉장히 바빠서 그만 가 봐야 돼. 며칠 푹 쉬고 기분 편해지면 그때 만나자."

"강토야."

상미가 부르지만 돌아보지 않았다. 결코 편할 리 없는 상미의 마음이었다. 강토가 있으면 더 불편할 수 있기에 자리를 비켜 주는 것이다. 그녀 곁에는 다인이 남았으니까.

"고마워."

상미의 젖은 목소리가 강토를 따라왔다.

"선생님."

강토네가 나가자 최 실장이 줄리안의 조향실 문을 열었다. 분위기는 엉망이었다.

"물 좀 가져와."

줄리안의 짜증이 폭발했다. 물을 주자 단숨에 들이켜며 속을 달랜다.

"무슨 일인지?"

"알 거 없어. 그리고 앞으로 애들 관리 좀 똑바로 해. 월급 값은 해야 할 거 아냐?"

"……."

강토에게 당한 노여움을 실장에게 화풀이한 줄리안이 문을 열고 나갔다.

"아유, 사모님들, 오래 기다리게 해서 죄송해요."

다시 표정을 가다듬고 VIP를 맞았다. 사실은 이게 줄리안의 주특기였다.

"사모님들 성향으로 봐서 이 향수와 이 향수 매칭이 최선이에요. 이렇게 매칭하시면 아마 잠옷 대신 이 향수 입고 자고 싶을 거예요. 남편분들 사랑은 당연하고요."

설명이 끝나고 그녀들이 향수값을 치르려고 할 때였다. 문이 거칠게 열리더니 불청객들이 들이닥쳤다.

"경찰입니다. 가짜 향수 제작 판매 신고가 들어와서요."

경찰이 신분증을 꺼내자 줄리안은 결국 정신 줄을 놓고 말았다. 신고는 강토 작품이었다. 실력이 모자라는 건 탓하고 싶지 않았다. 하지만 향수로 사기 치는 것만은 참을 수 없었다. 더불어 상미처럼 어린 학생들의 열정을 착취하는 것 또한.

착취를 일삼는 불량 조향사는 블랑쉬의 주인인 알랑만으로도 충분했다. 여기는 21세기의 대한민국이었다.

『달빛 조향사』 5권에 계속…